Uwe Goeritz

Groupies tragen keine Ringelsöckchen

Bibliografische Information der Deutschen Nationalbibliothek:

Die Deutsche Nationalbibliothek verzeichnet diese Publikation in der Deutschen Nationalbibliografie; detaillierte bibliografische Daten sind im Internet über http://dnb.dnb.de abrufbar.

© 2020 Uwe Goeritz

Coverbilder: von Alemon, PIRO4D und

OpenClipart-Vectors auf Pixabay

Covergestaltung: Uwe Goeritz

Herstellung und Verlag: BoD – Books on Demand, Norderstedt

ISBN: 978-3-7519-8353-2

Inhaltsverzeichnis

Groupies tragen keine Ringelsöckchen..........7

Mädchenschwärmerei................................8

Illusion und Realität 15

Tanz durch die Nacht 22

Verlorene Herzen 29

Zwei Frauen...36

Die Nacht der Nächte? 43

Der Morgen der Zweifel...........................51

Eine Abmachung 57

Neue Zweifel 64

Am Boden oder oben auf?........................71

Das Glück auf Erden 77

Zwischen den Stühlen 84

Zerbrochene Träume?...............................91

Auf Tour..97

Und schon wieder Zweifel 104

Im Tal der Tränen..................................110

Die richtige Entscheidung? 116

Gefunden! 122

Groupies tragen keine Ringelsöckchen

Was wäre, wenn du deinem Idol gegenüber stehen würdest? Einem Star, den du schon immer begegnen wolltest? Würdest du ihm um den Hals fallen? Oder könntest du dich vor Aufregung nicht rühren? Rosi, die Heldin dieser Geschichte, kann sich nicht bewegen und erreicht dadurch, dass der von ihr verehrte Star sich für sie interessiert. Aber ist es eine Schwärmerei eines Groupies, oder kann es eine Liebe für immer werden?

Sämtliche Figuren, Firmen und Ereignisse dieser Erzählung sind frei erfunden. Jede Ähnlichkeit mit echten Personen, ob lebend oder tot, ist rein zufällig und vom Autor nicht beabsichtigt.

1. Kapitel

Mädchenschwärmerei

Rosi hatte die Kopfhörer aufgesetzt und die Musik ganz laut gedreht. Sie lag auf ihrem Bett und starrte das Bild der Gruppe an, das über ihrem Bett hing und deren Musik sie gerade hörte. Ihre Lieblingsband und sie sang jeden Hit laut mit. Schön schräg klang das, aber sie hatte ja die Kopfhörer auf und da störten ihre Gesänge nicht beim Hören der Musik. Bei den schnelleren Titeln flogen ihre braunen Haare nur so umher, bei den langsameren rollte auch mal eine Träne über ihre Wange. Und das, wo sie die CD sicher schon einige tausend Mal gehört hatte.

Jeder Ton, jedes Geräusch kam ihr so unendlich vertraut vor, so, als ob sie die fünf Jungs schon ihr ganzes Leben kennen würde, und doch hatte sie von ihnen bisher nur diese CD gehört und ein paar Auftritte im Fernsehen gesehen. Fast ekstatisch ging sie dabei jedes Mal mit und die Mutter konnte dann immer nur den Kopf dabei schütteln.

Eigentlich hieß Rosi ja Rosemarie, aber so wollte sie nicht genannt werden. Das klang so nach Schlager und nicht nach einer jungen Frau, die Rock liebte und gerade achtzehn geworden war. Außerdem war ihre Mutter ja auch noch nicht so alt, aber vermutlich hatte sie den Namen von der Großmutter bekommen, die solch alte Lieder mochte. Ihre Schwester hatte es da schon viel besser getroffen. Sie war ein Jahr jünger und hatte den Namen Helena erhalten, den ihr der Vater ausgesucht hatte.

Und die Schwester war nicht nur beim Namen bevorzugt worden, denn während Rosi etwas Pummelig war und braune Haare hatte, hatte die Schwester eher die Figur eines Models bekommen und die strohblonden Haare waren auch viel schöner. Zumindest hatte Rosi das Gefühl, dass es so war, denn Helena fand überall sofort Freunde. Rosi selbst hatte nur zwei Freundinnen.

Und immer wenn sie sich mit Helena verglich, dann war dieser Zweifel in ihr. So ein Gefühl von nicht gut genug zu sein. Nicht attraktiv und zu dick. Nicht hübsch genug, nicht schlank genug, nicht empathisch genug, nicht verständnisvoll genug. Wenn sie sich nicht verglich, dann war sie mit ihrer Figur eigentlich durchaus zufrieden und so vermied sie es, zusammen mit der Schwester aus dem Hause zu gehen.

Auch im Styling und in den Sachen, die sie gern trugen, unterschieden sie sich. Was ja in Anbetracht ihres unterschiedlichen Aussehens durchaus normal war. Da wählte Rosi meist eher legere Kleidung, die nicht so figurbetont war, wie die, welche ihre Schwester trug.

Da heute Sonnabend war, hatte Rosi Zeit für ihre CD. Die ganze Arbeitswoche über saß sie im Büro und musste Rechnungen ausdrucken. Dabei war das nicht wirklich etwas Aufregendes. Stifte bestellen, oder Papier für den Kopierer nachordern. Bürokram eben.

Mit dem Blick zum Schrank überlegte sie, ob sie am Abend noch zur Disco gehen wollte. Bestimmt, aber bis dahin war noch viel Zeit. Da konnte sie die CD noch fünf Mal anhören.

Sie rollte sich auf den Rücken und strampelte mit den Beinen zum Takt eines schnellen Liedes. Eigentlich ging sie gern zum Tanzen, aber noch viel lieber hatte sie die Momente, in denen sie erzählen und lachen konnte. Durch ihre Geschichten und ihre Fröhlichkeit zog sie fast immer alle in ihren Bann. Damit überspielte sie dann auch ihre Unsicherheiten. Außer eben, wenn Helena mit im Raume war.

Dann waren die Jungs bei der Schwester und auch die Mädchen versuchten sich mit Helena gut zu stellen. Deshalb vermied es Rosi eben auch, mit der Schwester auf dieselbe Disco zu gehen. Sozusagen als Eigenschutz.

Die Tür öffnete sich und Helena schob ihren Kopf durch den Türspalt. Sie fragte etwas, was Rosi nicht verstehen konnte, denn dafür waren die Kopfhörer viel zu laut eingestellt. Daher setzte sie diese kurz ab und fragte „Was?" und die Schwester wiederholte ihre Frage „Kommst du heute Abend mit in die Disco?" Dabei war doch die Antwort schon von vornherein klar gewesen, doch diesmal überlegte Rosi, ob sie nicht doch mit ihr mitgehen sollte. Sie konnten sich ja dann auch dort aus dem Wege gehen.

„In welche Disco gehst du?", fragte sie und Helena gab die Adresse eines gerade angesagten Tanzlokals an. Da würde Rosi, ohne die Schwester, niemals an den Türstehern vorbei kommen. Schon ein paar Mal hatte sie es versucht und vielleicht war heute der Tag, an welchem sie dort hineinkommen würde. Helena war ihre Eintrittskarte! Somit nickte sie und setzte die Kopfhörer wieder auf. In das laute Lied hinein überlegte sie, was sie nun am Abend anziehen sollte. Der Nobelschuppen brauchte auch Nobelsachen!

Erneut warf sie einen Blick auf den offen stehenden Kleiderschrank und die darin hängenden Sachen. Rosi erhob sich vom Bett und ging, mit den Kopfhörern auf den Ohren, zum Schrank hinüber. Zum Glück war das Kabel lang genug, wodurch sie beim Suchen weiter die Musik hören konnte. Blitzartig fiel ihr ein, dass sie ja gar nicht gefragt hatte, was denn die Eintrittskarten kosten sollten.

Rosi legte die Kopfhörer ab und ging in das Zimmer der Schwester hinüber. „Was kostet den die Karte?", fragte sie und Helena nahm den Föhn runter, mit dem sie sich gerade die Haare trocknete und antwortete „Zwanzig Euro." „Zwanzig Euro!? Ach du Sch…!", entfuhr es Rosi und sie hatte alle Mühe das Wort zurückzuhalten, für das sie sicher von der Mutter gescholten worden wäre.

So viel Geld! Da konnte sie in ihrer Disco ja vier Mal tanzen gehen und Rosi wollte schon abwinken. „Ja! Aber es ist mit Liveband", entgegnete Helena und begann wieder die Haare zu trocknen. Gerade wollte Rosi sich umwenden und gehen, als Helena noch dazu sagte „Da tritt auch deine Band auf. Glaube ich." „Welche?", fragte Rosi überrascht zurück und Helena sagte über die Schulter „Na die, deren Lieder du ständig vor dich hin singst!"

Für einen Moment war Rosi wie in Schockstarre. Dann drehte sie sich um und ging zurück in ihr Zimmer. Konnte das sein? Sie sah das Poster an und dachte daran, dass sie diese Jungs am Abend vielleicht sehen würde.

„Was ziehe ich an?", sagte sie leise zu sich und nun war es viel schwieriger, die Kleiderwahl zu treffen. Ihre Blicke gingen immer zwischen Uhr, Schrank und Poster hin und her. Dann versank sie in den Augen des Sängers und überlegte, was ihm wohl gefallen würde.

Schließlich wählte sie genau das, was sie in seinen Augen gesehen hatte. Helena hatte es ihr mal geschenkt und nun würde sie doch mit der

Schwester in Konkurrenz treten müssen. So richtig wohl war ihr nicht bei diesem Gedanken und noch gab es so viel vorzubereiten, bis sie mit dem Kleid die Wohnung verlassen konnte.

War ein Kleid überhaupt das richtige für sie? Eigentlich fühlte sie sich in Hosen viel besser und das schicke Kleid schien ihr mehr eine Art von Verkleidung zu sein. Aber darüber konnte sie ja noch mal nachdenken.

Zuerst kamen das Bad und das Make-up!

2. Kapitel

Illusion und Realität

Gerade noch rechtzeitig war Rosi fertig geworden. Sie hatte sich dann doch noch für das Kleid entschieden, obwohl sie sich darin immer noch irgendwie verkleidet vorkam. Aber den Männern schien es ja zu gefallen, zumindest sah sie das immer bei Helena. Da konnte also nichts falsch daran sein, es ihr irgendwie nachzumachen.

Gemeinsam verließen die Schwestern die Wohnung und machten sich auf den Weg. Nach etwa einer halben Stunde und einigen bewundernden Blicken von jungen Männern, die aber vermutlich mehr Helena galten, als ihr, standen sie vor dem Eingang der Disco und sahen die Schlange an Besuchern, die da noch hinein wollten.

Es waren sicher ein paar hundert und Rosi hatte damit jede Hoffnung verloren, da noch rein zu kommen, doch Helena zog sie an der Hand hinter sich her und so gingen sie an den Männern und Frauen vorbei.

Einige Pfiffe von den Männern und missgünstige Blicke von den Frauen folgten ihnen auf dem kleinen Stück, dann standen sie vor den Türstehern. „Hallo Frank. Dürfen wir rein?", fragte Helena und gab einem großen und breitschultrigen Mann am Eingang einen Kuss. Der nickte nur und wollte Rosi zurückhalten, doch Helena zog die Schwester einfach hinter sich her.

Damit waren sie drin, Rosi bezahlte an der Kasse und erhielt den ersehnten Stempel auf das Handgelenk. Mit diesem blauen Symbol war aber auch Helenas Funktion für sie erledigt und die Schwester sah es wohl ähnlich.

Schnell trennten sich die Wege der beiden Schwestern und damit würden sie versuchten sich den Rest des Abends nicht mehr über den Weg zu laufen.

Noch hatte es nicht richtig angefangen. Es wurde nur leise Musik gespielt, die von irgendeiner CD kam und das Licht war auch noch voll aufgedreht. Im Moment sorgte das noch nicht für die richtige Stimmung, welche die beiden Mädchen in ihrer Feierlaune haben sollten.

16

Rosi suchte sich einen Tisch und setzte sich an den Rand der Tanzfläche. Von dort aus hatte sie alles im Blick und sie sah auch die Schwester, die am anderen Ende in einer Traube von Mädchen steckte.

Immer weitere Menschen strömten von draußen herein, bis der Platz so voll war, dass das Tanzen vollkommen unmöglich geworden war. Vermutlich waren heute viel mehr Leute als sonst hier drin, weil die Band spielen wollte. Da würde vielleicht keiner dazu tanzen.

Schließlich wurde das Licht gedämmt und Rosi stand von ihrem Platz auf. Auf dem Podest stehend, über die Köpfe der anderen hinweg, konnte sie die Bühne sehen. Der Platz war dafür wirklich optimal!

Es dauerte eine Weile, bis als Erstes der DJ kam und ein paar Lieder auflegte, die aber nicht wirklich das waren, weswegen Rosi hier war.

Schließlich beschloss sie, den guten Platz für ein Getränk zu opfern. Sie schob sich zu der Bar hinüber und holte sich einen Cocktail, mit dem sie sich an eine der Säulen lehnte. „Kam die Gruppe heute eigentlich wirklich hier her?", fragte sie sich in Gedanken und drehte sich zu dem Plakat um, das an der Säule neben ihr hing. Der Name der Gruppe stand zumindest drauf und es hatte keine Ansage gegeben, dass sie nicht da sein würden.

Also war noch Hoffnung!

Gelangweilt nippte sie an dem Getränk und wippte mit der Musik mit, auch wenn diese nicht wirklich ihre Geschwindigkeit hatte. Mit dem leeren Glas drängelte sie sich durch die Menschenmassen zurück zur Bar, als sie neben dem Tresen eines der Bandmitglieder stehen sah.

Er lehnte in einer offenen Tür und schien die Menge zu beobachten. Obwohl sie direkt an ihm vorbei musste, traute sich Rosi nicht, ihn anzusprechen und nickte ihm nur zu. Dann verschwand der Mann nach hinten, von wo aus wenig später die ganze Band erschien und direkt an Rosi vorbei zur Bühne ging.

Sie stand wie erstarrt dort und direkt vor ihr liefen die Männer vorbei, deren Lieder sie so oft mitgesungen hatte. Wenn sie nur einen Finger hätte rühren können, so hätte sie einen von ihnen auch berühren können, so gering war der Abstand zwischen ihnen. Aber Rosi stand einfach da und machte keine Bewegung.

Nun tobte und kreischte die Menschenmenge in dem Saal und sie war eine der wenigen, die einfach nur dastand und beobachtete, wie die Männer ihre Instrumente nahmen und die Lieder spielten, die sie so gern hatte.

Neben ihr blieb ein fremder junger Mann stehen, sah sie an und sagte „Na wenigstens eine normale Frau hier." Doch Rosi war alles andere als normal, sie stand einfach nur da und konnte nichts tun! Sie sah, wie einer der Männer Helena auf die Bühne zog und die Schwester dort mit der Band tanzte.

Fünf Lieder wurden gespielt, ihre Lieblingslieder von der CD, dann verschwand die Gruppe auf demselben Weg. Rosi wurde von den begleitenden Fans an eine Säule gedrängt und erst das holte sie wieder zurück in die Realität dieses Saales.

Damit konnte sie sich wieder bewegen, doch da war die Band schon wieder im hinteren Bereich verschwunden. Der junge Mann stand immer noch neben Rosi und ihr schien es, als ob er sie absichtlich so geschoben hatte, dass die anderen Menschen sie nicht hatten niederreißen können, denn wenn sie hier gestürzt wäre, so hätte bestimmt niemand auf sie Rücksicht genommen.

Jetzt zog dieser Mann ihre Aufmerksamkeit auf sich und er schien ihr recht attraktiv zu sein. Wollte er wirklich was von ihr? „Na wenigstens bist du kein so fanatisches Groupie!", sagte er und stellte sich mit Bernd vor. Sollte sie sich nun damit geschmeichelt fühlen? Oder war das nur so eine andere Art von Anmache? „Wenn du wüsstest!", sauste es durch den Kopf der jungen Frau, denn eigentlich wäre sie ja auch gern da hinten, wo nun sicher die Band gerade Autogramme gab.

„Wieso?", fragte Rosi und er antwortete ihr, „Na ja. Die Groupies würden keine Sandalen und Ringelsöckchen tragen. Die tragen meist Highheels!" Rosi sah an sich herab. Sie mochte diese

Socken eigentlich, aber passten sie wirklich zu dem Kleid? Erst jetzt sah sie auf die Füße der anderen Mädchen. Wie konnten die in diesen Schuhen tanzen? Oder hatten die das gar nicht vor gehabt? Sie war ja auf das Tanzen eingestellt gewesen und hatte darum diese Schuhe gewählt.

War das jetzt spöttisch von dem Mann gemeint gewesen? „Ich wollte ja auch hier tanzen!", sagte sie, fast als Verteidigung, aber er hatte sicher schon verstanden.

Nun war eigentlich auch Platz auf der Tanzfläche geworden. Wo waren denn die vielen Menschen hin, die hier vor ein paar Augenblicken noch gewesen waren? Aus den hinteren Bereichen war Stimmgewirr und Gekicher zu hören.

Vermutlich waren die alle dort! Sollte sie auch dorthin gehen? Oder lieber mit dem Mann tanzen? Sie sah ihn an und überlegte, bis er von sich aus fragte „Möchtest du tanzen?" Und sie einfach nur nickte. Dafür war sie ja auch hier!

3. Kapitel

Tanz durch die Nacht

Sie tanzten jede Runde, aber wollte er wirklich sie? Sie hatte schon gemerkt, dass sie fast die einzige Frau war, die tanzte. Alle anderen waren hinten bei der Band. Immer mehr Zweifel kamen in ihr hoch. War sie nur der „Notnagel", weil sonst keine da war? Oder war er wirklich an ihr interessiert? So wirklich konnte Rosi sich da nicht auf ihn einlassen. Das Licht war gedimmt und sie tanzten nicht zusammen. Auf die Entfernung von zwei Schritten sah sie nur seine Konturen und er sah vermutlich dasselbe von ihr

Im Tanz ging aber immer wieder auch ihr Blick nach hinten zu der Tür, denn war sie nicht eigentlich hierhergekommen, um die Band zu erleben? Das hatte sie zwar auch gemacht, aber irgendwie anders, als sie es sich vorgestellt hatte.

Sie sollte jetzt auch da hinten sein! So oft hatte sie das Poster angehimmelt und nun waren die Jungs keine zwanzig Meter entfernt, sie hätte sie vorhin anfassen können!

Als sie wieder eine Runde drehte, sah sie im Augenwinkel, wie eines der Bandmitglieder nach vorn kam. Vermutlich hatte er sich heimlich abgesetzt, denn ihm folgte keines der kreischenden Mädchen. Langsam ging er zur Bar hinüber und Rosi schaute auf jede seiner Bewegungen. Nun war die Situation günstig. Mit einer Ausrede verabschiedete sie sich von ihrem Tanzpartner und folgte dem Mann zur Bar hinüber, wo sie sich einfach neben ihn setzte, so, als wäre es rein zufällig gewesen.

Sie hatte kein schlechtes Gewissen dabei, dass sie den anderen einfach hatte stehen lassen, denn nun saß sie neben dem Mann, dessen Foto sie so oft angeschwärmt hatte. Rosi zwang sich, so cool wie möglich zu bleiben und doch brannte in ihr ein Feuer. Wie lange würde sie Zeit haben, bevor die anderen Mädchen seine Abwesenheit bemerken würden? Zehn Minuten? Fünfzehn?

Egal wie lange auch immer, sie musste sich beeilen. Nur wie stellt man das an, wenn man vor Aufregung kein Wort herausbekommt? Rosi nahm ihren Cocktail, aber ihre Hand zitterte so sehr, dass sie etwas davon verschüttete und damit auch noch seine Hose traf.

Schnell angelte sie sich eine Serviette vom Tresen, entschuldigte sich gefühlte tausend Mal und tupfte die Getränkespritzer von dem Kleidungsstück ab. Damit waren sie im Gespräch, aber schon war das Kreischen zu hören und er zog sie schnell mit sich mit. Rosi hatte das Gefühl, dass ihr Herz so laut klopfte, dass es jedes Versteck sofort verraten würde. „Er hat mich angefasst!", sauste es durch ihren Kopf. „Und mit sich gezogen!", setzte ihr Bauch dazu, der nun ziemlich grummelte.

Einen Augenblick später standen sie in einem halbdunklen kleinen Raum hinter der Bühne, der auch einen Ausgang zur Straße hatte. „Kommst du mit?", fragte der Mann, ohne zu sagen, wohin sie mitkommen sollte und sie nickte, ohne ihn danach zu fragen.

Schon waren sie im Dunkel der Nacht gefangen und trotzdem frei von ihren Verfolgerinnen. Wohin würde er sie wohl bringen? Mit klopfendem Herzen eilten sie ihm hinterher durch die dunklen Straßen. Das war so gar nicht ihre Art und dennoch tat das gut.

Wenig später saßen sie in einer kleinen Bar und der Mann unterhielt sich mit ihr. So wie es gerade aussah, gefiel ihm, dass sie nicht so hysterisch hinter ihm her gewesen war. Dass es nur eine Art von Schockstarre gewesen war, musste sie ihm ja nicht erzählen. Nun war Rosi aufgetaut und sie unterhielten sich über alles Mögliche. Rosi gefiel es ganz gut, bis er sich von ihr plötzlich verabschiedete und sie einfach so sitzen ließ.

Ihr fragender Blick folgte ihm. So hatte sie sich das nicht vorgestellt, aber das Gespräch war trotzdem sehr schön gewesen. Aber was hatte sie eigentlich erwartet? Was hätte er schon von ihr gewollt? Rosi zahlte ihr Getränk und ging auf die Straße hinaus.

In der frischen Nachtluft sah sie nach oben und war mit der Entwicklung mehr als zufrieden. Sie hatte ihn kennengelernt, mehr hatte sie nicht gewollt. Mitten in der Nacht lief sie durch die Gassen der Stadt zurück zu ihrem Wohnhaus und tanzte fast über den Asphalt.

Dann stoppte sie abrupt, als sie die Straße zu ihrem Elternhaus erreicht hatte. War sie wirklich schon müde? Sie wollte doch tanzen! Gerade erst war es Sonntag geworden und schlafen konnte sie immer noch, wenn sie in ein paar Stunden wieder in ihrem Bett liegen würde.

Ihr suchender Blick ging umher. Wohin nun?

In die Nobeldisco würde sie ohne Helenas Hilfe sicher nicht wieder hinein gelange können und alleine in eine Bar zu gehen, das gefiel ihr auch nicht wirklich. Das sah so nach letzter Versuch aus und das wollte sie sich nicht antun. Also blieb nur ihre normale Disco, die zwar schon vor Stunden angefangen hatte, aber sicher noch drei Stunden lang ihre Musik spielen würde.

Mit dem Blick auf das elterliche Haus bog sie ab und war eine halbe Stunde später in ihrer gewohnten Umgebung. Hier waren alle „normal" und nicht so überdreht, wie in dem anderen Tanzsaal. Hier wurde ihre gewohnte Musik gespielt, auch wenn sie immer noch das Kleid trug und deshalb von einigen ihrer Bekannten komisch angesehen wurde.

Mit einem Mal stand Bernd wieder vor ihr und sie wunderte sich, dass er diese Disco gefunden hatte. Der Mann sprach sie an und hatte sie offensichtlich gesucht. Dabei erinnerte sie sich daran, dass sie sich in der anderen Disco über diese hier unterhalten hatten. Anscheinend hatte er doch mehr Interesse an ihr, als sie vermutet hatte. Ohne noch weiter darüber nachzudenken, setzten sie die unterbrochenen Tänze fort.

Es war drei Uhr in der Früh, als sie, fast als letzte, die Disco wieder verließen. Gemeinsam gingen sie nach Hause und unterhielten sich immer noch. Sie gingen Hand in Hand durch die Nacht, bis sie vor Rosis Haus angekommen waren. Dort drückte er sie in den dunklen Hauseingang und gab ihr einen langen Kuss.

Damit verstärkte er aber auch wieder ihre Zweifel, die sie schon abgelegt glaubte. Hatte er es wirklich nur auf sie abgesehen? Brauchte er einfach eine, bei der er schlafen konnte? Eine, für eine schnelle Nummer in der Nacht?

Rosi befreite sich aus seinen Armen und verwies auf ihre Eltern, die oben schlafen würden. Auch wenn sie nicht an deren Zimmer vorbei musste, doch anscheinend akzeptierte er ihre Ausrede und drängte ihr nicht weiter nach.

Mit einem weiteren Kuss verabschiedeten sie sich und Rosi zog schnell die Tür hinter sich zu. Leise ging sie die Treppe hinauf und setzte sich in ihr Zimmer.

Im Schein der Nachttischlampe sah sie zu dem Poster mit den Musikern. Seltsamerweise erinnerte sie sich viel mehr an das kurze Gespräch mit ihm, als an die langen Gespräche und Tänze mit Bernd.

In ihren Sachen ließ sie sich in das Bett fallen und träumte von dem Musiker. Nun sagte sie ihm alles, was sie sich direkt nicht getraut hatte, ihm zu sagen.

Mit den Worten „Ich liebe dich!" im Kopf, schlief sie schließlich ein und im Traum war er ihr noch näher. Dort tanzte sie sogar mit ihm.

4. Kapitel

Verlorene Herzen

Ein Poltern weckte Rosi wieder auf. Sie lag immer noch in ihrem Kleid im Bett und Helena kam in ihr Zimmer getanzt. Die Schuhe hatte sie im Flur fallen lassen. Das konnte Rosi durch die offene Tür sehen. Gähnend schaute sie zum Wecker und sah, dass es kurz vor zwölf Uhr mittags war. „Wo kommst du den jetzt her?", fragte Rosi und wusste doch schon die Antwort, die ihr Helena auch sofort gab. „Ich komme von den Jungs. Wir haben bis gerade eben gefeiert." „Und sicher nicht nur gefeiert!", entgegnete Rosi und richtete sich im Bett auf.

„Nein. Wir waren auch im Whirlpool!", entgegnete Helena lachend und ließ sich auf das Bett neben die Schwester fallen. „Und wie war deine Nacht?", fragte sie Rosi und auch die lächelte. „Nicht ganz so wild, wie deine, aber auch recht schön." Dann erzählte sie von dem Treffen mit ihrem Star, auf dessen Bild sie zeigte, und über den Tanz mit Bernd.

Nun sahen sie beide auf das Poster am Kopfende von Rosis Bett. „Ich habe eine Idee!", rief Helena, „Ich weiß ja, wo die Jungs wohnen. Ich meine: in welchem Hotel! Wollen wir uns da heute Abend wieder rein schleichen?", fragte sie die Schwester.

Rosi sah die Schwester fragend an. Nicht, dass sie nicht gewusst hatte, dass Helena sie praktisch in jedes Hotel und jede Disko der Stadt bringen konnte, aber das sie so scharf auf die Jungs war, das verstand sie nicht. „Gestern konntest du die noch nicht mal leiden", sagte Rosi und schaute sie von der Seite aus an. „Na ja: gestern. Ihre Musik ist auch nicht so wirklich mein Ding. Aber die Jungs sind süß!", antwortete sie und erhob sich vom Bett.

„Die Jungs sind alle ein paar Jahre älter, als du!", erwiderte Rosi und stand ebenfalls auf. „Aber das machen wir", setzte Rosi fort und die Schwester umarmte sie dafür.

„Jetzt habe ich aber Hunger!", sagte Rosi und schnappte sich aber erst mal ein Duschhandtuch, um unter die Dusche zu gehen und dann nach unten, wo die Mutter sicher schon etwas Schönes

zum Mittag gemacht hatte. Der Duft eines Kartof-
felauflaufs zog den Flur entlang und durch die
offen gelassene Tür direkt in Rosis Nase.

Wie immer aß Helena nur einen Joghurt zum
Mittag, während Rosi sich den herrlichen Auflauf
der Mutter schmecken ließ. Am Tisch sitzend
redeten die beiden Schwestern von den Erlebnis-
sen der Nacht, von denen Helena sicher einen
Teil wegließ, da sie der Mutter nicht alles erzählen wollte.

Doch in den Augen der beiden Mädchen
konnte man sicher sehen, dass eine jede in dieser
Nacht ihr Herz verloren hatte. Zum Glück an
zwei unterschiedliche Bandmitglieder, denn sonst
hätte dieser Tag sicher mit Streit, Zank und Tränen geendet. So sah es eher nach Herzschmerz,
Liebe und Glück in den Armen der geliebten
Männer aus.

Aber war das von deren Seite wirklich Liebe?
Und auch von ihrer Seite? Rosi sah Helena an
und erkannte in dem Leuchten ihrer Augen, das
da ein kleiner Funke von Verliebtsein drin lag.
Wollte die Schwester allerdings wirklich die große Liebe finden? Oder nur ein kleines Abenteuer

mit einem berühmten Musiker? Und wie war das bei ihr?

Natürlich hatte sie sich gut mit dem Mann unterhalten, aber mehr auch nicht! „Lag das an mir?", fragte sie sich in Gedanken, als sie sich von der Mutter noch einmal ein Stück von dem Auflauf auf den Teller legen ließ.

Erst jetzt fiel Rosi wieder ein, dass ja die Schwester ihr von dem Whirlpool erzählt hatte und ja gar kein Badezeug dabei gehabt hatte. Für einen Moment blieb ihr der Mund offen stehen. Hatte sie etwa nackt … mit dem Mann … oder den Männern? Es blieb ja eigentlich gar keine andere Antwort! Was würde wohl passieren, wenn die Männer am Abend wieder in den Pool steigen wollten?

Wäre sie dann bereit, dasselbe zu tun? Konnte sie das überhaupt? Natürlich war sie mit ihrer Figur leidlich zufrieden, aber wenn sie sich vorstellte, sich nackt neben ihre Schwester zu stellen, so wäre der Unterschied vermutlich viel zu groß, als dass es nicht sofort jedem auffallen würde. Fast war sie nun so weit, die Helena schon zugesagte Begleitung wieder zurückzunehmen, aber sie konnte sich ja immer noch etwas bis dahin einfallen lassen.

Als sie mit dem Essen fertig waren, und zusammen nach oben gingen, fragte sie „Wann willst du denn losgehen?" Helena sah auf ihre Armbanduhr. „Vier Stunden hast du noch Zeit", sagte die Schwester und Rosi nickte. Vier Stunden, um etwas Passendes in ihrem Schrank zu finden.

In Anbetracht der Situation ging schon mal die halbe Zeit dafür drauf, passende Unterwäsche zu suchen. Bisher hatte sich Rosi da beim Ausgehen selten darüber Gedanken gemacht, doch nun war das etwas anderes. Und bei all dem drängte sich immer wieder die Frage in Rosis Kopf „Wollte sie das überhaupt?"

Sie hatte schon ein paar Freunde gehabt, aber bisher war nie etwas wirklich Festes daraus geworden. Seit einem Jahr war sie nun schon wieder Solo. Wollte sie das nun wieder ändern? Oder sollte es nur ein flüchtiges Abenteuer werden? Ein One-Night-Stand? Einfach so? Unverbindlichen Sex mit einem praktisch unbekannten Mann? Auch, wenn sie seine Lieder schon lange im Kopf hatte. Aber einfach so Sex mit ihm zu haben? Und darauf lief ja Helenas Angebot hinaus.

Sie sah wieder zu dem Poster und versank in seinen Augen. Dabei überlegte Rosi für sich, welche Unterwäsche dem Manne wohl gefallen würde und wurde bei dem Gedanken daran rot bis über beide Ohren. Natürlich hatten sie sich gut unterhalten, aber ging da noch mehr? Oder würde es dabei bleiben? Wenn ja, war sie dann bereit, alle Hüllen fallen zu lassen? Ihm diese Unterwäsche auch zu zeigen?

Noch einmal sah sie zum Poster und blickte in seine Augen. „Ja!", kam es tief aus ihrem Inneren. Sie war bereit und sie hatte schon ihr Herz an ihn verloren! Doch was würde der nächste Morgen bringen? Würde er sie einfach aus seiner Hotelsuite werfen? Oder sich davon schleichen? Rosi dachte an ihren ersten Freund, der sie genau auf diese Art verlassen hatte. Danach hatte er auch noch mit seiner Eroberung angegeben.

Sie hatte sich damals so geschämt! Das würde ihr nie wieder passieren! Aber war sie nicht gerade wieder dabei, diesen Fehler zu wiederholen?

Bernd hatte sie sich in der Nacht verweigert und was war nun?

Immer weiter rückten die Zeiger auf die verabredete Aufbruchszeit. Als Helena das Zimmer betrat, da war Rosi gerade fertig mit dem Anziehen. „Kannst du mir den Reißverschluss zu machen?", fragte Helena und Rosi half ihr gern. „Fertig?", fragte Helena und Rosi antwortete, „Fertig!" Danach nahm sie die Handtasche und sie brachen auf.

5. Kapitel

Zwei Frauen

Beim Schließen des Kleides hatte Rosi gesehen, dass die Schwester auf die Unterwäsche verzichtet hatte. Zumindest auf den BH. Bei all den Gedanken, die sie sich selbst darum gemacht hatte, war sie doch keine Sekunde darauf gekommen, es ihr gleichzutun. Das fühlte sich irgendwie unanständig an! Aber vielleicht war das auch wieder so etwas, was sie von Helena unterschied. Die Schwester machte sich um so etwas sicher keinerlei Gedanken.

Wenig später saßen sie in einem Taxi und die Fahrt ging los. Während der ganzen Autofahrt flirtete Helena mit dem Fahrer, als wolle sie mit ihm die Nacht verbringen und nicht mit ihrem Musiker. Rosi hatte keine Ahnung, ob sie das nur zum Üben machte, oder wirklich etwas für den Fahrer übrig hatte, der zugegebenermaßen wirklich ziemlich süß aussah. Es war ein junger Mann, sicher noch keine zwanzig, der in Jeans und T-Shirt vorn saß und sie immer durch den Spiegel beobachtete.

Als sie dann vor dem Hotel anhielten, fragte Helena „Was macht das?" und er schaltet das Taxameter ab „Einen Kuss!", entgegnete er und drehte sich zu ihnen um.

Helena beugte sich zu ihm vor und ließ ihn tief blicken, bevor sie ihm einen Kuss gab. Als sich Rosi vorbeugen wollte, drehte sich der Mann wieder zurück und sie saß einfach da. Das ging ja schon mal gut los! „Kommst du?", fragte Helena, die gerade ausgestiegen war und die Tür offen hielt.

Dann fiel die Autotür hinter Rosi zu und sie gingen über den Vorplatz, zu dem Hotel hinüber. Ihr flirten hatte Helena gerade eben fünfzehn Euro erspart und anscheinend machte sie das öfter so, denn ihre Handlung war ziemlich routiniert gewesen.

In Gedanken versunken trottete Rosi hinter ihr her. Mehr wie ein Schoßhund an kurzer Leine. Sollte Rosi sie dafür nun bewundern? Sie drehte sich noch einmal zurück, aber das Taxi war schon abgefahren.

Den ersten Korb des Abends hatte sie ja nun schon bekommen und war noch nicht mal richtig da. Das konnte ja noch heiter werden! Sie betraten die Halle und gingen zur Rezeption hinüber. Helena flüsterte die Zimmernummer der Rezeptionistin zu, die dabei lächelte und zum Fahrstuhl zeigte. Die Frau nahm den Telefonhörer und kündigte sie vermutlich gerade an, als sich die Türen des Liftes vor ihnen öffneten und Helena den Knopf bei der Zehn drückte.

Ganz nach oben ging es. Mit einem brummenden Geräusch setzte sich der Fahrstuhl in Bewegung und Helena prüfte in dem Spiegel an der Seite noch einmal ihr Make-up.

Dann hielt das Gefährt und die Türen glitten auf. Der Gang, den sie nun betraten, war sicherlich extra für prominente Gäste ausgelegt, denn an den Wänden war Marmor, oder zumindest sah es so aus. Goldene Figuren standen in kleinen, von oben beleuchteten, Nischen und am Ende des Flures öffnete sich gerade eine Tür und einer der Männer trat heraus.

„So schnell sieht man sich wieder", sagte er und Helena lief schneller auf ihr zu. Es folgte ein langer Kuss, der Rosi die Zeit gab, auch den Gang zu passieren und sich neben die Schwester zu stellen. „Wer ist den deine Freundin?", fragte er, als er von Helena abließ und Rosi ansah. „Das ist Rosi", sagte sie, unterließ es aber, darauf hinzuweisen, dass Rosi ihre Schwester war.

Der Mann musterte sie vom Kopf bis zu den Füßen und überlegte wohl gerade, ob er sie auch in das Zimmer lassen sollte, als sich Helena an ihm vorbei in das Zimmer drängte und Rosi einfach hinter sich her zog. Auch dafür war Rosi ihr dankbar. Nun waren sie in der Suite und die Tür schloss sich hinter ihnen.

Staunend stand Rosi in dem Raum. In einem Film hatte sie zwar schon mal so ein Zimmer gesehen, aber sie war noch nie darin gewesen. Von dem großen Zimmer, in das sie gerade eingetreten waren, zweigten viele Türen ab. Direkt vor ihnen war eine Glaswand, die vom Boden bis zur Decke reichte und durch die man auf eine Terrasse sehen konnte. Irgendeine Show lief auf einem großer Fernseher an der Seite und davor standen ein paar Sofas, auf denen zwei Männer mit dem Rücken zu ihnen herumlümmelten.

Offensichtlich waren auch die anderen beiden Musiker da, nur in einem der Nebenzimmer, denn Rosi hörte von dort auch die Stimmen von zwei Männern. Für einen Moment stutzte sie. Waren sie gerade alleine mit den Jungs? Zwei Frauen und fünf Männer? Konnte das gut gehen?

Doch für Zweifel war es nun zu spät. Helena saß schon auf dem Sofa zwischen den Männern und sah sich das Musikvideo an. Die beiden Männer aus dem Nebenzimmer kamen nun ebenfalls in diesen Raum herüber und einer öffnete eine Flasche. Rosi erkannte den Mann, mit dem sie am Abend zuvor geredet hatte, aber er schien sich nicht an sie zu erinnern. Hier war es nicht so dunkel, wie am Abend zuvor. Rosi stand direkt unter der Lampe! Am liebsten würde sie nun wieder gehen! Aber sie blieb!

Da stand sie nun und wusste nicht, wohin mit ihren Händen. Einer der Männer bot ihr ein Glas an und sie trank es fast mit einem Schluck aus, so aufgeregt war sie. Das Perlen des Sektes kribbelte auf ihre Zunge und löste sie aus der Starre. Sie begann zu erzählen. Was sie redete, das wusste sie selbst nicht, sie erzählte einfach von allem, was ihr so einfiel. Bis einer der Männer sie mit einem Kuss stoppte.

Nun erst bemerkte Rosi, dass sie mit drei Männern alleine war. Helena war mit den anderen Beiden verschwunden. Vermutlich lag sie wieder im Whirlpool und ließ sich den Sekt schmecken. „Und nun?", fragte der Mann, mit dem sie sich am Vorabend unterhalten hatte und der ihr gerade den Kuss gegeben hatte.

Rosis Blick fiel durch eine der offenen Türen auf ein Bett und sie wurde rot, als sie bemerkte, dass der Mann ihren flüchtigen Blick gesehen hatte. Immer noch stand sie zwischen den drei Männern. So war das nicht gedacht gewesen! Sie zögerte für einen Augenblick, als der Mann ihre Hand ergriff und sie hinter sich her in das Schlafzimmer zog.

Die anderen beiden Männer blieben zurück und Rosis Erleichterung war fast körperlich zu spüren. Die Tür fiel hinter ihr in das Schloss und sie waren alleine. Hier drin brannte nur ein gedämpftes Licht, das den Raum in einen leichten Rotton einfärbte, welcher dem Schlafzimmer etwas Verruchtes gab. Und dieses gedimmte Licht umschmeichelte ihren Körper noch extra.

Der Mann zog sie an sich und sie küssten sich erneut. Der konnte wirklich gut küssen und Rosi spürte, wie sich seine Hände über ihren Körper bewegten. Verlangend drückte sie sich an ihn heran. Alles Grübeln, alle Zweifel waren aus ihrem Kopf verschwunden. Sie wollte es! Rosi wollte diese Nacht! Einfach nur Sex haben! Sie spürt, dass die Hose des Mannes wohl schon etwas enger geworden war, weil etwas Hartes gegen ihren Bauch drückte.

Das war schon mal eine positive Entwicklung der Sache. Er wollte sie! Und ihr Körper wollte es auch. Ihre Knie wurden langsam zu Pudding und sie schmolz förmlich in seinen Händen.

Wenige Augenblicke später bewegte sich Rosis Wäsche in Richtung Fußboden und sie sich mit dem Mann zusammen in Richtung Bett.

6. Kapitel

Die Nacht der Nächte?

Sie lag neben ihm und hörte ihn schnarchen. Aus den Zeitungen wusste Rosi, dass er Martin hieß und vor ein paar Augenblicken hatte sie seinen Namen auch geschrien, doch jetzt löste sich das Glücksgefühl langsam wieder auf und der Zweifel begann zu nagen. Dieser Mann konnte jede Frau der Welt haben, oder fast jede, und trotzdem lag er hier neben ihr. War es wieder nur aus Mangel an Gelegenheit gewesen? Weil sie gerade hier war und Helena verhindert war?

Am Abend zuvor hatte sie Bernd noch abblitzen lassen und jetzt war sie mit Martin in der Kiste gelandet. Der Zweifel in ihr lief Amok. Hatte vielleicht Bernd richtiges Interesse an ihr gehabt? Und Martin brauchte bloß was für sein Bett?

Sie sah ihn an. Er lag auf dem Bauch und sie konnte im rötlichen Licht sein Gesicht sehen. Hatte er etwas für sie empfunden? Und sie? Sie war sich sicher, ihn zu lieben. Doch hatte diese Liebe eine Chance? Hier im schmeichelnden Rotlicht vielleicht, aber unter dem Licht der Sonne betrachtet? Was würden die anderen sagen? Schnell zog Rosi die Decke nach oben, damit diese ihren nackten Körper bis zum Hals bedeckte. Wollte sie sich verstecken?

Ihre Augen wanderten an ihm aufwärts. Sehenswert war er schon. Sicherlich verbrachte er auch viel Zeit im Fitnessstudio. Wieder oben angekommen fiel ihr Blick auf die Leuchtziffern der Uhr. 02:29 stand da und Rosi fuhr auf. In ein paar Stunden musste sie im Büro sein!

Wo war noch mal das Bad? Sie hatte keine Ahnung und draußen waren sicher die anderen Männer! Nackt wollte sie da nicht hinaus, daher wickelte sie sich in die Bettdecke und es war ihr im Moment völlig egal, dass Martin dann ohne Decke dort so liegen bleiben musste. Ein letzter Blick streifte seinen makellosen Körper und sie seufzte. Dann trieb ihr Pflichtgefühl sie aus dem Raum.

Auf dem Weg zur Tür sammelte Rosi ihre Sachen ein und schaute, mit der Türklinke in der Hand, noch ein letztes Mal zurück auf den Schläfer.

Leise öffnete sie die Tür und schlüpfte hinaus. Ein diffuses Dämmerlicht umfing sie. Wohin musste sie nun? Nach links oder nach rechts? Rosi konnte sieben Türen erkennen und hinter einer davon musste sich das Bad befinden. Nur hinter welcher?

In den meisten Hotelzimmern, die sie kannte, war das Bad immer gleich am Eingang gewesen. War das hier auch so? Mit ihrer Betttuchschleppe schlich sie durch den Raum. An der Eingangstür angekommen erkannte sie, dass es dort eine links und eine rechts gab. Und konnte man hier überhaupt zu so früher Stunde duschen, ohne jemanden damit zu stören?

Rosi entschloss sich für die linke Tür und stand in einem der Schlafzimmer. Sie sah Helenas Haare unter der Decke hervorblitzen. Zwei Männer lagen auch in dem Bett, aber da sie leise gewesen war, hatte sie keinen der drei geweckt.

„Also rechts!", dachte Rosi und zog die Tür sacht zu. Mit einer Hand die Decke festhaltend und die Sachen in der anderen schlich sie auf Zehenspitzen zur gegenüberliegenden Tür. Es war dunkel, aber im Schein der Lampe aus dem Gang sah Rosi einen Spiegel mit einem Waschbecken davor. Sie huschte hinein, machte das Licht an und verriegelte die Tür. Dann erst legte sie die Decke ab und sah sich in einem riesengroßen Spiegel, der fast die ganze Seite des Bades einnahm.

Wieder nagten Zweifel an ihrem Selbstvertrauen und das kalte Neonlicht beleuchtete ihren Körper sehr unvorteilhaft. Das Rot im Schlafzimmer hatte ihr da mehr umschmeichelt. Wenn Martin jetzt hier wäre, würde er sie dann noch anfassen? Oder die Nase rümpfen? Was hatte der Mann an ihr gefunden. „Ein bisschen Sport könnte mir wirklich nicht schaden", sagte sie leise und trat unter die Dusche.

Es dauerte ein paar Augenblicke, bevor das warme Wasser über ihren Körper lief. Es fühlte sich gut an. So wie Martins streichelnde Finger zuvor auf ihrer Haut.

Sie ließ das Wasser besonders lange laufen, bevor sie sich einseifte und abspülte. Mit einem der Hotelhandtücher trocknete sie sich ab und dachte wieder an Martin. Eine Gänsehaut folgte den Streicheleinheiten des weichen Tuches.

Doch sie musste sich davon losreißen. Die Haare wollte sie sich nicht föhnen und trocknete sie sich daher nur ab, dann zog sie sich an. Sollte sie Martin eine Nachricht schreiben? Irgendwie fühlte es sich falsch an, sich einfach so davonzuschleichen. Nach dieser Nacht! Wo gab es hier was zu schreiben? Vielleicht in dem großen Zimmer auf dem Tisch?

Mit der Decke unter dem Arm schlich Rosi, die Schuhe in der Hand, nach nebenan. Das Dämmerlicht brannte an der Seite des Zimmers und der Raum war genauso, wie er vorhin gewesen war. Die Männer schliefen nun sicher alle irgendwo.

Rosi setzte sich an den Tisch und knipste eine Schreibtischlampe an. Sie sah sich um und fand in einer Schublade einen Block und Stifte. Besonders schön schrieb sie *„Ich danke dir für die schöne Nacht. Rosi."* Dann drückte sie einen Kuss auf das Blatt, den ihr Lippenstift besonders gut sichtbar machte.

Mit Decke und Zettel schlich sie zurück zu Martin, deckte ihn zu und legte den Zettel neben ihn auf das Kopfkissen. Um ihn nicht zu wecken, verzichtete sie auf den Abschiedskuss und schlich wieder zum Tisch zurück, wo sie ihre Schuhe gelassen hatte. Mit diesen in der Hand ging sie leise zur Ausgangstür. Sollte sie Helena wecken? Schließlich hatte die ja Berufsschule, auch wenn die erst um neun beginnen würde. Doch Rosi entschied sich dagegen.

Der Schlüssel steckte von innen und sie öffnete leise die Tür, dann warf sie noch einen Blick über die Schulter zurück in das Halbdunkel des Raumes und zog vorsichtig die Tür ins Schloss. Als sie in den Flur trat, da flammte das Licht auf und Rosi erschrak. Doch niemand war da. Sicher nur ein Bewegungsmelder.

Vor der Tür zog sie sich die Schuhe an und ging in Gedanken vertieft zum Lift. Hätte Martin sie auch ausgewählt, wenn er eine andere hätte bekommen können? Hinter ihr schlossen sich die Türen und der Fahrstuhl glitt brummend nach unten. Die Zweifel wurden mit jedem Meter größer, den der Lift zurücklegte.

Schließlich stand Rosi wieder an der Rezeption. Ein junger Mann schaute sie fragend an und und sie fragte „Können sie mir ein Taxi rufen?" Der Mann nickte und griff zum Hörer. „Sie können sich dort hinsetzen", sagte er und zeigte auf ein Sofa am Eingang, dann wählte er.

War das nun die Nacht der Nächte gewesen? Sie saß früh in einem Hotel und schaute in die Dunkelheit eines Vorplatzes. Kaum ein Licht brannte da draußen. Nur ein paar kleine gelbe Leuchtpunkte verrieten den Rand des Weges. In sich versunken versuchte sie die Gefühle zu sortieren. Auch hier schmeichelte das Licht ihrem Körper und war der frühen Stunde angemessen.

Irgendwann fiel der gelbe Kegel eines Autoscheinwerfers auf sie. „Ihr Taxi!", sagte der Mann von der Rezeption, der neben sie getreten war, und sie damit aus ihren Gedanken herausholte. Rosi nickte und erhob sich von ihrem Platz. Sollte sie „Gute Nacht" oder „Guten Morgen" sagen?

Sie wusste es nicht und sagte daher einfach „Danke. Tschüss." Dann war sie draußen in der kalten Nachtluft, die bald der warmen Luft des neuen Tages weichen würde.

Mit schnellen Schritten ging sie zum Taxi und stieg ein. Eine ältere Frau saß am Lenkrad, blickte sich um und sah sie freundlich an. „Wohin wollen sie?", fragte sie und Rosi nannte ihre Adresse.

Als das Taxi sich in Bewegung setzte, sah sie noch einmal hinauf zum Dach des Hotels und es war ihr so, als ob da oben Licht brannte. Aber vielleicht war das ja ein anderes Zimmer gewesen.

7. Kapitel

Der Morgen der Zweifel

Es war fast fünf Uhr in der Frühe, als Rosi in ihrem Zimmer angekommen war. In anderthalb Stunden würde sie wieder aufstehen müssen und da lohnte es sich eigentlich nicht, jetzt noch einmal zu schlafen, denn dann wäre sie nur den ganzen Tag müde und kaputt. Sie kannte sich da gut genug und daher setzte sie sich auf ihr Bett, schaute das Poster an und ging in eine stille Zwiesprache mit Martin.

Es hatte sich alles so gut angefühlt, aber es konnte nicht sein! Es würde nicht sein können! Bald schon würde er mit der Band auf Tournee gehen. Jeden Abend eine andere Stadt, ein anders Hotel, eine andere Frau! Das wollte sie sich nicht antun.

Rosi holte sich sein Bild wieder in ihren Kopf. Sie sah den jungen Mann wieder schlafend vor sich. Er war schlank, durchtrainiert und der Schwarm so vieler junger Frauen. Und sie? Ein Pummelchen, mit sicher mehr wie zwanzig Kilo zu viel! Das konnte nicht gut gehen! Der Zweifel fraß sich in ihr Herz und sie versuchte ihn mit Tränen wieder heraus zu spülen. Doch sowohl der Zweifel, als auch Martin saßen dort fest und sie bekam weder den einen noch den anderen wieder dort heraus.

Sie ließ sich mit dem Rücken in ihr Bett fallen und starrte zur Decke. Was sollte sie tun? Sport war noch nie ihr Ding gewesen! Helena ging fast täglich hinunter in den Keller, wo der Vater einen Raum neben der Heizung als Fitnessraum ausgebaut hatte. Sollte sie es auch mal versuchen? Jetzt gleich? Mitten in der Nacht? Zeit dafür hatte sie ja noch, wie der Wecker verriet.

Die junge Frau richtete sich auf und ihr Blick fiel auf die Waage, die verstaubt in der Zimmerecke stand. Rosi ging hinüber und stellte sich drauf. Mit Erschrecken sah sie dem Zeiger zu, der sich auf eine Zahl einpendelte, die fern von dem war, was gesund gewesen wäre. Sie hielt die Luft an, als würde das etwas helfen! Es waren fast dreißig Kilo, die sie zu viel hatte!

Der Kummer um den letzten Freund und ihre Liebe zu Vollmilchschokolade hatten deutlich ihre Spuren auf ihren Hüften hinterlassen.

52

Gleich am Abend würde sie mit dem Training beginnen. Hatte sie überhaupt Sportsachen? Die musste sie sich auch noch holen. Aber ergab das überhaupt einen Sinn? Martin würde sie bestimmt nicht wieder sehen wollen. Jetzt, wo er sie „Unverpackt" gesehen hatte. Vielleicht war er nur zu höflich gewesen, sie gleich wieder aus seinem Zimmer zu werfen. Oder er hatte es einfach gebraucht!

Wieder dieser Zweifel und immer wieder. Bis zum Freitag war sie doch ganz zufrieden gewesen und nun, am Montag, war alles anders! Sie verfluchte die Waage, als ob die etwas dafür könnte. Da war nun eine Entscheidung fällig. Entweder sich die Männer aus dem Kopf schlagen, oder täglich auf das Laufband im Keller!

Erneut dachte sie an die wunderbare Nacht mit Martin und damit war die Entscheidung gefallen. Das Laufband war der Gewinner! Erneut sah sie auf die Uhr. Eine Stunde war noch Zeit. Warum warten? Entschlossen zog sie sich ein extra großes T-Shirt an, nahm die CD und ging in den Keller. Die Musik würde eine Stunde spielen und so lange musste sie auch laufen.

Rosi legte die CD ein, setzte sich die Kopfhörer auf und lief los. Zuerst langsam, dann immer schneller. Die Hülle der CD stand vor ihr und damit auch das Bild von Martin. Nun rannte sie, wie um ihr Leben und das hatte noch den Vorteil, dass sie dabei nicht nachdenken konnte. Die laute Musik fegte auch den letzten Rest des Zweifels aus ihrem Kopf. Was die Tränen nicht geschafft hatten, das schafften nun die Lieder ihrer Lieblingsband.

Als die Musik zu Ende war, stieg Rosi mit wackligen Beinen von dem Gerät. So ähnlich hatte sich das angefühlt, als Martin sie zum Bett geschoben hatte. Danach hatte es nicht lange gedauert, bis der Orgasmus sie überrollte hatte. Der erste ihres Lebens! Schön war es gewesen! Atemberaubend und auch jetzt schnaufte sie.

Aber nun musste sie noch die Treppe hinauf und das war die reinste Quälerei! Als sie endlich oben angekommen war, ging sie unter die Dusche. Unter dem warmen Strahl des Wassers fiel ihr ein, dass sie ja auch wieder hinunter musste. Im Moment tat ihr jeder Muskel weh, sogar an Stellen, die sie beim Laufen gar nicht angestrengt hatte.

Es dauerte eine Weile, bis das warme Wasser die Verspannungen löste und wenig später traute sie sich auf die Waage. Es fehlte fast ein Kilo zum letzten Ergebnis. Wenn sie es gekonnte hätte, so wäre Rosi sicher im Zimmer herumgesprungen. Ein Kilo in einer Stunde! Sie war wie in einem Freudentaumel. Die Tournee der Band würde drei Wochen dauern und wenn Martin wieder in der Stadt war, so würde sie ihr gewünschtes Gewicht sicher wieder erreicht haben.

Sie kämpfte sich die Treppe hinab und verzichtete auf ihr Frühstück. Rosi nahm sich einen Kaffee und eine der Möhren, die Helena für sich im Kühlschrank deponiert hatte. Die Mutter kam in die Küche und sah auf das orangerote Stück Gemüse in Rosis Hand. Dabei schüttelte sie den Kopf, sagte aber nichts. Hinter ihr trat der Vater in den Raum und sagte „Guten Morgen, meine Dicke!" Bisher hatte das Rosi nie gestört, doch im Moment war sie da wohl durch den Sport etwas angegriffen und fauchte den Vater an. Der wich erschrocken ein Stück zurück und sah dann die Möhre. „Na gut. Guten Morgen Rosi", sagte er dann beschwichtigend und sie nickte dazu.

„Schon besser!", entgegnete sie. „Wo ist eigentlich Helena?", fragte die Mutter und Rosi überlegte, ob sie der Mutter wirklich sagen sollte, wo sie die Schwester zuletzt gesehen hatte, verkniff es sich dann aber. „Die muss erst um neun in der Berufsschule sein. Vermutlich ist sie bei einer Freundin geblieben", log Rosi.

Ächzend schob sie sich von dem Stuhl. Das Sitzen hatte gut getan, aber auch die Muskeln wieder verkrampfen lassen. Rosi dachte daran, dass sie nun ein paar Stunden in ihrem Büro sitzen musste und vermutlich nicht so oft aufstehen würde, wenn sie es dann überhaupt noch könnte.

Mit Schmerzen in den Beinen schleppte sie sich zu ihrem Auto und überlegte sich dabei, ob sie nicht auch mit dem Fahrrad bis zur Arbeit fahren konnte. Doch da dachte sie an den Muskelkater, der sich langsam anbahnte und beschloss, erst in ein paar Tagen darüber nachzudenken.

Vielleicht war es keine schlechte Idee, früh mit dem Rad auf Arbeit zu fahren und abends in den kleinen Fitnessraum zu gehen. Schnurrend sprang das Auto an und dabei gingen ihre Gedanken zur Schwester.

8. Kapitel

Eine Abmachung

Sie war erst ein paar Minuten auf Arbeit, da klingelte ihr Telefon. Eine unbekannte Nummer stand in der Anzeige und Rosi wollte sie schon wegdrücken. Sicher war es wieder nur so ein Callcenter, das ihr irgendwas verkaufen wollte, oder ihre Meinung zu einem Shampoo einholen wollte. Doch dann entschloss sie sich, das Gespräch doch anzunehmen. „Hallo Rosi", hörte sie eine Männerstimme, „Helena hat mir deine Nummer gegeben. Warum bist du denn so schnell verschwunden?" Es war Martin, aber was sollte sie ihm sagen? Jetzt, hier, auf der Arbeit, wo all die anderen Frauen gerade in das Zimmer kamen, da ging das nicht, also sagte sie nur „Ich muss arbeiten. Kann ich dich heute Abend zurückrufen?" „Ja. Aber bitte vor um acht. Wir haben heute Abend einen Auftritt." „Geht klar. Bis dann." „Danke dir und einen schönen Tag", sagte Martin und das Display erlosch.

Er hatte sich zumindest wieder gemeldet. Die ersten Zweifel wichen in ihr. Vielleicht war er ja anders, als die meisten anderen Männer, die einen vergaßen, sobald sie bekommen hatten, was sie gewollte hatten.

Nun fieberte Rosi dem Feierabend entgegen, nach dem sie sich dann bei Martin wieder melden konnte. Doch der Tag schien kein Ende nehmen zu wollen. Zu allem Überfluss kamen an diesem Tag auch noch zwei Meetings und ein Stehempfang für einen neuen Abteilungsleiter dazu.

Wo sie am Morgen noch gedacht hatte, dass sie es heute ruhig und im Sitzen angehen lassen konnte, da zog sich der Stehempfang nur so in die Länge. Es gab auch noch etwas zu Essen und sie konnte sich nirgendwo hinsetzen. Immer wieder trat sie vorsichtig von einem Bein auf das Andere. Das sah vermutlich so komisch aus, dass eine Kollegin sie leise fragte „Musst du mal?" Aber Rosi schüttelte nur den Kopf, obwohl sie da vielleicht hätte sitzen können.

Schließlich war der Tag endlich rum und sie stürmte zu ihrem Auto. Reinsetzen, anlassen und die Nummer wählen war eins. Die Freisprechanlage tutete und Rosi fuhr vom Hof der Firma.

Endlich meldete er sich und sie begannen ein langes Gespräch, das bis zu Rosis Haus dauerte. Den ganzen Heimweg unterhielten sie sich über alles Mögliche und natürlich auch über die vergangene Nacht. Sie hatte nicht das Gefühl, dass es ihm leidgetan hatte, nur ihr plötzlicher, heimlicher Aufbruch hatte ihn geärgert. Aber das hatte sie ihm ja schon erklärt.

Telefonierend ging sie bis zu ihrem Zimmer und setzte sich auf das Bett. Nun hatte sie auch wieder sein Bild vor sich und sie redeten einfach weiter. Es lag da so einen Vertrautheit in diesem Gespräch, so als würden sie sich schon ewig kennen und Rosi hatte das Gefühl, mit ihm über alles reden zu können.

Irgendwann erklärte er ihr, dass sie sich nun auf ihren Auftritt vorbereiten mussten und verabschiedete sich. Als das Display erloschen war, da hingen ihre Augen noch eine Weile an seinem Bild, dann entschloss sie sich, wieder hinunter in den Keller zu gehen, um bei seiner Musik zu laufen.

Mit dem T-Shirt betrat sie den Raum und sah, dass Helena schon darin war und dort einige

Übungen machte. Sie nickte der Schwester zu, die schon völlig verschwitzt auf einer Bank saß. Dann ging sie zu dem Laufband und rannte los, als ob sie zu ihm laufen würde. Helena bemerkte ihren Eifer, stand auf und kam zu ihr herüber. „Soll ich dir bei deinen Übungen helfen?", fragte sie die Schwester und Rosi nickte im Laufen.

Schon begann Helena, ihr einige Tipps zu geben und sie hatte ja auch ein paar Jahre Vorsprung in diesen Übungen. „Wir können ja jeden Tag eine Stunde zusammen üben. Wäre dir das recht?", fragte Rosi schließlich und Helena antwortete „Abgemacht!" Dann begann sie von der letzten Nacht zu erzählen, aber Rosi hörte nur mit einem Ohr zu, denn sie dachte noch an ihre Nacht mit Martin und das schöne Gefühl. Das war viel schöner gewesen, als das Gefühl, jetzt endlich mit den Übungen fertig zu sein und wieder nach oben steigen zu können.

Gemeinsam gingen sie in das Bad und während sich Rosi eine Wanne einließ, trat Helena unter die Dusche. Auf dem Wannenrand sitzend sah sie aus dem Augenwinkel heraus der Schwester zu, die pfeifend in der Duschkabine stand. Helena hatte wirklich einen wundervollen Körper und wie sah das bei ihr aus? Sie traute sich noch nicht mal, jetzt das T-Shirt abzulegen, solange die Schwester sie sehen konnte. Aber das würde sich ja nun bald ändern. Wozu diese Zweifel? Martin hatte sie so geliebt, wie sie war! Schließlich streifte sie sich doch die Kleidung ab.

Langsam ließ sich Rosi in das warme Wasser gleiten und spielte mit dem duftenden Schaum. Ihre Finger glitten über die Rundungen und dann schob sie den Schaum über sich. Helena hatte da weniger Probleme. Die Schwester liebte es, ihren Körper zu zeigen und lief gerade, nur mit einem Handtuch um die Hüften geschlungen, an Rosi vorbei zum Spiegel.

Dort stehend föhnte sie sich die Haare und Rosi sah zu ihr auf. Helena hatte den Körper einer griechischen Göttin und sie? Sie konnte eher für Rubens Model stehen. So unterschiedlich waren sie, aber vielleicht gefiel Martin ja gerade das an ihr, das sie zu ihrem Körper stand, auch wenn der nicht perfekt war. Helena legte den Föhn zur Seite und setzte sich auf den Wannenrand. „Du musst auch deine Ernährung umstellen", begann sie und Rosi tauchte noch mehr unter, bis nur noch ihr Kopf aus dem Wasser ragte.

„Keine Kohlenhydrate mehr am Abend!", erklärte sie und stand danach auf. Pfeifend verließ Helena das Bad und ließ Rosi grübelnd dort in der Wanne zurück. Ab sofort waren also Schokolade und Chips verboten. Von nun an würde es abends nur noch Salat geben!

Ihr Blick fiel auf die Uhr und Rosi dachte daran, dass er jetzt gerade seinen Auftritt in der anderen Stadt begann. So weit entfernt von ihr. Vor 24 Stunden war er ihr noch so nah, wie schon lange kein Mann mehr bei ihr gewesen war. Vielleicht würde er sie danach noch einmal anrufen? Er fehlte ihr im Moment so stark, dass sich ihr Herz zusammenkrampfte. Nach nur einem Tag hatte sie schon Herzschmerzen, wenn sie nur an ihn dachte? Oder kam das vom Training?

Versonnen streichelte sie ihren Körper im warmen Wasser. Mit geschlossenen Augen träumte sie sich zurück und summte eines seiner Lieder. Es war, als wäre er jetzt bei ihr. Als wären es seine Finger, die sie streicheln würden. Aber er war fern!

Seufzend erhob sie sich, stieg aus der Wanne und trocknete sich ab. Dabei fiel ihr Blick auf

Helenas Sachen, welche die Schwester zum Trocknen an den Haken gehängt hatte. Ihre Sportsachen, die sie ja eigentlich nach der Arbeit kaufen wollte, hatte sie durch das Gespräch mit Martin vergessen, aber sie nahm sich vor, am nächsten Abend diese Sachen noch zu holen.

Rosi zog das T-Shirt von Helena nach vorn. In das winzige Stück Stoff würde sie nie und nimmer hineinpassen! Wieder versuchte der Zweifel sie zu ärgern, aber sie drehte sich noch einmal vor dem Spiegel. Martin hatte sie so geliebt, wie sie jetzt war. Mit allen Röllchen und Streifen.

Bevor sie in ihr Zimmer zurückging, drehte sie dem Spiegel eine Nase.

Im Nachthemd ließ sie sich in ihr Bett fallen, legte die CD ein und hörte dem Konzert aus der Ferne zu. Sie lag auf dem Bauch und schaute, den Kopf in die Hände gestützt, zu dem Poster an der Wand und ihr war, als würde ihr Martin zunicken.

Vor 24 Stunden hatte sie in seinen Armen gelegen.

9. Kapitel

Neue Zweifel

$\mathcal{E}$s war weit nach Mitternacht geworden, bevor das Telefon zu summen anfing. Rosi schreckte hoch, denn sie war gerade eingeschlafen, hatte aber das Telefon in der Hand behalten und so den Vibrationsalarm gespürt. „Hallo", sagte sie verschlafen in das Gerät hinein und hörte den Freund am anderen Ende. Er war aufgedreht und fröhlich und weckte sie mit seiner Energie nun vollends auf. Martin erzählte von der großen Halle und dem Auftritt. Im Hintergrund hörte Rosi die anderen Männer und auch ein paar lachende Mädchen.

„Wir sind nun im Hotel", sagte Martin zum Abschied und wünschte ihr noch eine gute Nacht. Doch das letzte, was in Rosis Gedanken hängen blieb, war das Lachen eines Mädchens, das ziemlich nahe am Telefon gestanden haben musste. In ihrem Kopf begann ein Film abzulaufen, mit Martin und einer wunderschönen, fremden Frau in den Hauptrollen und der war nicht wirklich jugendfrei!

Am liebsten wäre sie jetzt aufgestanden und zu ihm gefahren, aber 250 Kilometer hin, zurück und dann um acht im Büro sein, das funktionierte einfach nicht. Somit blieben ihr nur die Bilder im Kopf. Doch welches Recht hatte sie auf ihn? Sie hatten sich beide nichts versprochen. Sie waren eigentlich nur Freunde. Zwar Freunde, die miteinander ins Bett gegangen waren, und damit fing meist auch das Problem an. Dennoch eben nur Freunde.

Keiner schuldete dem anderen Treue und doch fühlte sie es tief in sich so. Die gerade erst abgelegten Zweifel kamen wieder hoch und ließen Rosi nicht mehr in den Schlaf kommen. Sie hörte das ferne Lachen und sah das Poster an der Wand. „Was tun?", fragte sie sich leise und schloss die Augen.

Kaum hatte sie diese zu, kamen wieder die Schlagzeilen der viele Illustrierten hoch. „Sex, Drugs und Rock 'n' Roll." Konnte das eine Liebe überstehen? Wollte sie das wirklich? Niemals zu wissen, wo der geliebte Mensch gerade war? Mit wem und in welchem Bett? Eine Freundschaft konnte so etwas eventuell aushalten, eine Liebe würde daran sicher zerbrechen.

Also war wohl Schluss mit Martin? Seufzend warf sie den Kopf zurück. „So ein Mist!", sauste es wieder durch ihren Kopf. Das war der beste Sex ihres Lebens gewesen. Zweimal hatte er sie zum Orgasmus gebracht! Und nun? Ende? Freundschaft Plus? Jedenfalls keine Liebe! Oder doch?

Trotzdem beschloss Rosi, mit ihrem Fitness-programm weiterzumachen, denn wenn es nicht für Martin sein würde, dann sicher für einen an-deren Mann, den sie dann bestimmt treffen wür-de. Und natürlich für sich selbst! Etwas beruhig-ter schlief sie endlich ein und sie erwachte nach einer traumlosen Nacht, als der Wecker neben ihr zu klingeln begann

Schnell drückte sie ihn aus und sah zum Pos-ter hinüber. „Freunde?", fragte sie das Bild und antwortete auch gleich selbst darauf „Freunde!"

Rosi rieb sich die Augen, erhob sich aus dem Bett und ging in das Bad hinüber, um sich für die Arbeit fertig zu machen. Als sie sich gerade die Haare föhnte, kam Helena in das Bad und fragte „Hat er noch mal angerufen?" und Rosi nickte „Danke, dass du ihm meine Nummer gegeben hast", sagte sie und Helena nickte nur gähnend. Dann winkte sie ab „Du hast bestimmt bloß vergessen, sie ihm mit auf den Zettel zu schreiben. Oder?" Doch Rosi war sich da nicht so sicher.

Hatte sie das absichtlich nicht gemacht? Wollte sie Martin eigentlich wieder sehen? Vielleicht sollte es wirklich nur ein schnelles Abenteuer werden und sie hatte schon geahnt, dass der Zweifel sie zerfressen würde. Doch nun würden sie einfach wie Freunde miteinander reden können.

„Kann ich dein Rad haben?", fragte Rosi die Schwester und Helena nickte. „Wie war eigentlich deine Nacht bei den Musikern?", fragte Rosi die Schwester und die sagte nur „Wild!" dabei lächelte sie vielsagend und Rosi dachte wieder daran, dass sie die Schwester mit den beiden Männern im Bett gesehen hatte. In manchen Dingen war ihr die jüngere Schwester um einiges voraus, doch das störte sie nur mäßig. Das Aussehen hatte die Schwester ja dazu. Und schon immer waren die Kerle hinter ihr her gewesen. „Ich gebe dir dann den Schlüssel für die Fahrradkette", sagte Helena und ging unter die Dusche.

Rosi lief zurück in ihr Zimmer und wählte etwas aus, das sie auf dem Fahrrad tragen konnte. Jeans, T-Shirt und eine kurze Jacke landeten auf dem Bett und sie zog sich an.

Heute würde sie ein paar Minuten eher los fahren müssen, aber mit dem Rad konnte sie eine Abkürzung durch den Park nehmen. So früh am Tag war da sicher noch nicht viel los. Sie hängte sich die Handtasche um und ging nach unten zum Frühstück. Eigentlich wartete sie nur auf Helena, damit sie endlich losfahren konnte. Doch die ließ sich eine Zeit bei ihrer Morgentoilette.

Eine halbe Stunde später erschien sie endlich und sah aus, als würde sie zu einer Preisverleihung gehen und nicht zur Berufsschule. „Muss das sein?", fragte die Mutter und zeigte auf das viel zu kurze Kleid der Tochter, doch Helena sagte nur knapp „Ja!" und damit war die Diskussion auch schon beendet, bevor sie überhaupt begonnen hatte.

„Der Schlüssel", sagte Helena und schob den kleinen Anhänger, mit ihrem Namen daran, über den Küchentisch. Rosi nickte und steckte ihn sich ein. „Ich muss dann mal los", sagte sie und lief zum Keller hinunter, wo das Fahrrad stand. Nun galt es, die versäumte Zeit irgendwie wieder aufzuholen.

Schnell öffnete Rosi das Schloss und schob das Rad durch das Garagentor nach draußen. Davor schwang sie sich auf den Sattel und trat in die Pedale. Die ersten Meter gingen nicht so wirklich gut, bis sie sich mit der Gangschaltung zurechtgefunden hatte. Mit wehender Jacke sauste sie in den Park hinein und musste sofort scharf bremsen.

Beinahe hätte sie einen Jogger umgefahren. Erschrocken sah sie den Mann an und dann sagte sie „Hallo Bernd!" Der Mann hatte sich aber schon wieder gefasst. „Hallo. So schnell unterwegs?", fragte er und sie nickte. „Zum Glück ist ja nichts passiert", sagte der Mann und trat einen Schritt zur Seite, um ihr den Weg freizumachen. Als Rosi aber wieder losfahren wollte, da griff er ihr in den Lenker und fragte „Du hast mir noch nicht deine Telefonnummer gegeben. Sicher war das ein Versehen!" Dabei lächelte er sie an.

Es war ein ziemlich entwaffnendes Lächeln, worauf sie keine Entgegnung finden konnte. Und er war ihr auch ganz sympathisch. Während Bernd ihr Fahrrad hielt, griff sie sich das Telefon des Mannes, das an seinem Gürtel hing und mit dem er beim Joggen Musik hörte. Dann tippte sie die Nummer ein. „Rosi", sagte sie zum Abschied und er ließ ihren Lenker los.

Sie nickten sich zu und sie sauste davon. Nun musste sie sich wirklich beeilen, da sie die vertane Zeit wieder aufholen musste. Doch sie war pünktlich im Büro angekommen. Würde Martin sich melden? Oder Bernd? Oder beide?

10. Kapitel

Am Boden oder oben auf?

Seit einer Woche trieb Rosi nun schon Sport. Jeden Tag fuhr sie mit dem Rad auf Arbeit und jeden Abend machte sie zusammen mit Helena ihre Übungen. Das gute Ergebnis des ersten Tages war nicht von Dauer gewesen. Insgesamt hatte sie in der Zeit nur drei Kilo abgenommen und nun kam wieder das Wochenende. Was sollte sie tun? Zu Hause bleiben und Sport machen? Oder ausgehen und Eis essen? Wenn sie sich nur ein kleines Eis genehmigen würde und da auch noch mit dem Fahrrad hinfuhr, so konnte das doch nicht so schlimm sein?

Ihre angegriffene Laune würde so ein Eis sicher wieder etwas heben. Mit Martin hatte sie jeden Abend gesprochen, doch die Telefonate waren jedes Mal kürzer geworden. Hatte sie am Montag noch Stundenlang mit ihm telefoniert, so waren es am Vorabend noch nicht mal zehn Minuten gewesen. Die große Entfernung griff die Freundschaft an und wenn das so weiter ging, war abzusehen, wann er sich gar nicht mehr bei ihr melden würde.

Rosi steckte sich ein paar Münzen in die Hosentasche und schob das Rad nach draußen. Helena war noch nicht wieder aus ihrem Zimmer aufgetaucht, dabei war es schon weit nach Mittag. Aber egal! Rosi schwang sich auf das Rad und rollte los. Es war ein schöner, warmer Tag. T-Shirt Wetter und sie wusste, dass mitten im Park um diese Zeit immer der Eiswagen stand.

Schon als Kind war sie immer dorthin gerannt, wenn sie die Glocke des Wagens gehört hatte und nun folgte sie eben wieder dem Ruf des Eismannes. Es war nur ein kleines Stück bis dorthin und sie hätte auch zu Fuß gehen können, doch die Fahrt mit dem Fahrrad gab ihr ein besseres Gcfühl.

Kurze Zeit später überlegte sie sich, ob sie zwei oder drei Kugeln nehmen würde und entschied sich für zwei in Vanille und zwei Erdbeereiskugeln. Mit der Eistüte stand sie neben dem Wagen und wollte gerade beginnen, als Bernd an ihr vorbei joggen wollte und dabei „Guten Appetit" sagte. Danach drehte er zwei Runden um sie herum und sie fühlte sich ertappt.

„Ich habe die ganze Woche trainiert!", sagte sie zu ihrer Entschuldigung und traute sich aber dennoch nicht, von dem Eis zu kosten. „Ich sage ja nichts und von mir erfährt es auch keiner", entgegnete Bernd schmunzelnd und blieb vor ihr stehen. Irgendwie hinderte sie sein Blick daran, dass sie sich auf das Eis stürzen konnte und er blieb einfach vor ihr stehen.

Langsam begann das geschmolzene Eis über ihre Finger zu laufen und sie fluchte innerlich. „Hast du heute Abend schon was vor?", fragte der Mann und Rosi schüttelte den Kopf. „Hast du Lust zu tanzen?", fragte er weiter und sie stimmte ihm gern zu. „Dann hole ich dich um acht Uhr ab und nun will ich dich nicht weiter von deinem Eis abhalten", sagte der Mann und lief los.

Auf seinem Weg blickte er sich aber noch ein paar Mal nach ihr um und die ganze Zeit, die er sie noch sehen konnte, traute sie sich nicht von dem Eis zu kosten. Erst jetzt fiel ihr ein, ihn zu fragen, warum er sie die ganze Zeit nicht angerufen hatte. Als er dann endlich verschwunden war, schleckte sie sich zuerst die Finger ab und verspeiste dann schnell das Eis.

Nun sah sie sich um, wo sie die klebrige Hand wieder sauber bekommen würde. In der Nähe war ein großer Brunnen und sie schob das Rad dort hinüber. Sie tauchte die Hand in den Brunnen und wusch sich das Eis ab. Immer noch fühlte sie sich ertappt und sah in die Richtung, in die der Mann verschwunden war.

Als sie sich die Hand an einem Papiertaschentuch abtrocknete, da war er mit einem Male wieder hinter ihr und fragte „Na Rosi? Fertig mit dem Eis?" Sie fuhr herum und sah sein lächelndes Gesicht. „Läufst du immer hier im Kreis?", fragte sie und er nickte „Vielleicht sollten wir mal zusammen hier laufen?", fragte sie weiter und er nickte. „Gern. Ich laufe auch etwas langsamer", antwortete er.

Gerade als sie vor Wut explodieren wollte, sah sie an seinem breiten Grinsen, das er es nicht ernst gemeint hatte. „Du frecher Kerl!", sagte sie mit gespielter Entrüstung. Dabei stützte sie die Arme in die Hüften. „Na dann bis heute Abend", sagte er noch und sauste schon los.

Mit dem Blick auf der rennenden Mann beschloss Rosi, noch ein paar Runden mit dem Rad durch den Park zu drehen, um das Eis wieder los zu werden und vielleicht würde sie dabei ja auch wieder auf Bernd treffen. Irgendwie hatte er es ihr angetan und die scherzhafte Bemerkung hatte sie ihm schon lange verziehen. Also begann sie mit dem Rad, sogar ziemlich schnell, die Wege in dem Park zu befahren.

Da die Wege begrenzt waren, trafen die beiden zwangsläufig ein paar Mal aufeinander. Sie nickten und lächelten sich jedes Mal zu.

Nach einer Stunde trafen sie sich wieder an dem Brunnen, wo Rosi vom Rad abgestiegen war, um wieder zu Atem zu kommen. Die Fahrt war anstrengender gewesen, als sie es geplant hatte und darum war sie auch völlig verschwitzt. Doch Bernd schien das gar nichts auszumachen. Er strich ihr eine Haarsträhne aus dem Gesicht, die auf der Stirn festgeklebt war und Rosi zuckte bei der Berührung etwas zusammen.

Zu plötzlich war sie gekommen. Doch es gefiel ihr. Hier war ein Mann, der sie im Licht gesehen hatte und nicht die Flucht vor ihr ergriff, denn das verschwitzte T-Shirt zeigte ihre Konturen mehr als deutlich. Vielleicht war er jemand, den sie wirklich lieben konnte. Konnte sie sich bei ihm fallen lassen?

Neben ihm her schob sie das Rad zum Ausgang des Parks und er begleitete sie von dort auch noch bis zu ihrem Haus, das er ja schon kannte. In der Einfahrt verabschiedete er sich mit einem Kuss, obwohl sie immer noch verschwitzt war. Der Mann wollte sie als Frau und nicht als Püppchen haben, das hatte Rosi gespürt.

Irgendwo in ihrem Kopf begann der Zweifel wieder nach vorn zu drängen, doch Rosi wischte ihn fort. Bernd mochte sie mit all ihren Fehlern und Makeln. Dieser Kuss war einfach viel zu schön gewesen und ließ sie nun auf einer Wolke schweben. Der Mann lief davon und sie sah ihm noch lange nach.

Sie schob das Fahrrad in den Keller und sagte sich selbst „Genug trainiert für heute!" Dann ging sie nach oben, um sich abzuduschen. Der Abend würde bestimmt schön werden und sie freute sich richtig darauf, mit Bernd zum Tanzen zu gehen.

11. Kapitel

Das Glück auf Erden

Schon lange hatte Rosi nicht mehr solch einen Spaß gehabt. Seit Stunden tanzte sie mit Bernd jede Runde in der Disco. Sie hatte das schöne Kleid an und fühlte sich diesmal sogar wohl darin. Das lag nicht unbedingt an dem Training der Woche, sondern vor allem daran, dass es auch Bernd an ihr gefiel, denn er hatte ein paar bewundernde Komplimente über sie und das Kleid gemacht, als er sie abgeholt hatte.

Als dann das Licht in der Diskothek wieder anging und alle den Saal verlassen mussten, kam die obligatorische Frage „Zu dir, oder zu mir?" von ihm und sie zog ihn hinter sich her. Beim letzten Mal hatte sie ihn abblitzen lassen, doch im Moment sagte ihr Bauch einfach nur noch „Ja!" Schon seit dem Tanz kribbelte da etwas in ihr drin.

Lachend und tanzend zogen sie durch die dunkle Nacht, bis sie wieder dort angekommen waren, wo er sie ein paar Stunden zuvor abgeholt hatte. Ein langer Kuss in der Einfahrt folgte, der die letzten Zweifel zerstreute, und dann zog sie ihn hinter sich her. Dabei legte sie ihm aber den Finger auf den Mund, um so zu zeigen, dass er leise sein sollte, denn schließlich wollte sich Rosi nicht in dieser verfänglichen Situation von ihren Eltern auf der Treppe zu ihrem Zimmer hinauf erwischen lassen. Er nickte verstehend und schon wenig später waren sie in ihrem Zimmer angekommen.

Für einen Moment schämte sie sich, dass das Poster dort hing und damit Martin irgendwie zusehen würde, doch unter einem langen Kuss von Bernd zerflossen alle ihre Bedenken. Und er hinderte sie auch daran, dass Licht zu löschen. Bei voller Beleuchtung streifte er ihr langsam das Kleid ab. Rosi wollte sich verschämt bedecken, doch er bewunderte ihren Körper und sie fühlte sich mit einem Male unheimlich geborgen und gewollt. Und sexy!

Bernd bedeckte ihren Körper mit Küssen und streichelte mit seinen Fingerspitzen ihren Hals. Das zuvor schon gespürte Kribbeln lief nun durch ihren ganzen Körper und machte ihre Knie weich. Rosi konnte sich nicht mehr halten, ihre Beine gaben nach, sie landeten beide in ihrem Bett und sie genoss die folgenden Streicheleinheiten des Mannes.

Auch im Liegen glitten seine Lippen über ihren Körper und eine Gänsehaut folgte seinen Küssen. Das Kribbeln wurde zu einem Pochen in ihrem Schoß. Noch länger wollte und konnte sie nun nicht mehr warten. Sie gab ihm ein Kondom, zog ihn über sich und ließ sich fallen. Haut auf Haut spürte sie seinen warmen Körper. Langsam und zärtlich schob er sich in ihren Schoß. Die Geborgenheit löste sich in einem Glücksgefühl und einem Sternenregen auf, der über ihr herabzufallen schien. Es überrollte einfach ihren Körper und Rosi bäumte sich auf.

Wenig später lagen sie nebeneinander und er streichelte weiter über ihre heiße Haut. Dass sie mehr als ein paar Pfunde zu viel hatte, das schien ihn nicht zu stören. Seine Finger zogen liebevoll ihre Rundungen nach und er küsste sie. Sie wollte ihn nicht wegschicken, sondern neben ihm aufwachen und wenn es ging, dann jeden Tag dieses schöne Gefühl bis zur Neige auskosten.

Langsam dämmerten sie in den Schlaf hinüber, wobei sie unter der Decke nebeneinander aneinander gekuschelt lagen, bis sie dann endlich einschliefen. Das wollte sie für immer haben!

Und so wachte sie dann auch neben ihm auf. Sie lag in seinem Arm. Bernd war im selben Moment erwacht und Rosi wollte sich die Decke bis zum Kinn hochziehen, doch er hielt ihre Hand fest und sagte „Du musst dich nicht verstecken. Du bist viel mehr Frau, als all die Hühner, die ich bisher getroffen habe." „Ja! Viel mehr!", sagte sie trotzig und er schüttelte den Kopf, dann küsste er sie wieder leidenschaftlich.

„Wo ist das Bad?", fragte er dann und Rosi sagte „Die nächste Tür links." Der Mann nickte und stand auf. Nackt verließ er das Zimmer. Sie sah ihm nach und ihr Blick fiel dabei auf ihr Telefon, das auf dem Nachttisch blinkte.

Ein Anruf von Martin. Nur einer! Sie hatte ja nicht rangehen können, aber Martin hatte es auch nicht noch einmal probiert. Rosi legte sich in das Bett zurück und wartete auf ihn. Dabei dachte sie über Bernds Worte nach. Wo war ihr Selbstvertrauen hin? Bis vor ein paar Tagen war alles noch in Ordnung gewesen, nur die verdammte Waage hatte sie unsicher gemacht.

Bernd schien sie so zu gefallen, wie sie war. Die Tür öffnete sich und er kam in das Zimmer zurück. „Es war die nächste Tür rechts!", sagte er und setzte fort, „Hinter der anderen Tür hat eine junge Frau geschlafen, die sich erschreckt hat, als ich nackt vor ihr stand!" „Entschuldige. Ich habe es nicht so mit rechts und links. Das war meine Schwester Helena", erklärte Rosi und er nickte.

Er zog sich die Unterhose an und betrachtete sie dabei. Verglich er sie jetzt mit Helena? Da konnte sie doch nur verlieren! „Was?", fragte sie schließlich. „Du bist sehr hübsch", sagte Bernd, beugte sich zu ihr herab und küsste sie.

„Komm steh auf! Wir machen unseren Sport heute anders!", sagte er und sie setzte sich auf. „Und wie?", fragte sie gespannt, während sie die herunter rutschende Decke festhielt. „Bist du schon mal geritten?", fragte er. „So richtig? Noch nie! Ich habe Angst vor Pferden. Die sind so groß", entgegnete sie. „Du hast es bloß noch nicht probiert", wehrte er ihre Einwände mit einer Handbewegung ab. „Komm! Wir gehen zuerst zusammen duschen und dann versuchen wir es!", legte er fest und sie nickte.

Das gemeinsame Duschen war der Hammer und auch diesmal konnte Bernd seine Hände nicht bei sich lassen, sehr zum Gefallen von Rosi. Ein zärtlich gestreichelter Orgasmus war für sie schon mal ein guter Tagesstart!

Wenig später saßen sie in der Küche und tranken Kaffee, als Helena ebenfalls in die Küche kam. „Das ist Bernd", sagte Rosi und Helena erwiderte „Ich hatte schon das Vergnügen." Bernd nickte nur lächelnd dazu. „Wir gehen reiten", sagte Rosi. „Du und reiten?", fragte Helena und zog die Augenbrauen hoch, doch Rosi nickte nur.

Schließlich brachen sie auf und waren schon kurz darauf am Reiterhof. Bernd ließ sich zwei Pferde satteln und nach draußen bringen. Ein weißes für Rosi und ein braunes für sich. Vorsichtig näherte sie sich dem großen Tier, das auch sie beschnupperte. Irgendwie freundeten sie sich an, dann half ihr Bernd auf das Pferd, was sicher nicht sehr elegant aussah, doch dann saß sie endlich oben und Bernd saß ebenfalls auf.

Zuerst drehten sie ein paar Runden in einem Gatter, bis sie sich an das Pferd gewöhnt hatte, dann ritten sie einen Waldweg entlang und waren

schon bald auf einer Wiese an einem See angekommen. „Hier ist es aber schön. Schade, dass
wir nichts für ein Picknick dabei haben", sagte
Rosi, doch Bernd zeigte auf seine Satteltaschen.
„Alles dabei", entgegnete er lächelnd und sprang
von seinem Pferd, dann half er ihr von ihrem
Tier. Runter ging es besser.

Schnell hatte Bernd eine Decke ausgebreitet,
Trauben und Wein abgestellt und die Pferde an
einen Baum gebunden. „So lasse ich mir Sport
gefallen", sagte Rosi und setzte sich auf die Decke. Bernd öffnete die Flasche und bei dem
„Plob" des Korkens scheuten die Pferde kurz,
aber sie waren gut angebunden.

Geschwind hatte er zwei Gläser gefüllt, die
Flasche am Ufer zum kühlen in das Wasser ge-
stellt und sich neben Rosi gesetzt. Sie stießen an
und Rosi ließ sich die prickelnde Flüssigkeit über
die Zunge laufen. Der Sekt schmeckte gut, war
aber ein bisschen zu warm. Sie legte sich zurück
und sah zu den Wolken hinauf. Es war ein schöner Tag und sie war froh, dass sie Bernd an ihrer
Seite hatte.

12. Kapitel

Zwischen den Stühlen

Rosi kam wieder zu Hause an, als die Dämmerung schon langsam einsetzte. Sie war das letzte Stück mit dem Fahrrad gefahren. Es war ein so schöner Tag gewesen und sie hatte es richtig genossen. In Bernds Armen hatte sie alles vergessen können und nach dem Picknick waren sie noch eine Runde in dem kleinen Teich geschwommen. Danach hatte er ihr eine andere Art von reiten gezeigt und das Picknick war mit einem Orgasmus zu Ende gegangen. Noch immer konnte sie seine Finger auf ihrer nackten Haut spüren. Sein Verlangen in ihrem Schoß!

In diese schönen Gedanken versunken schob sie das Fahrrad in den Schuppen und lief zur Tür hinüber, als jemand „Hallo Rosi!", sagte. In der Einfahrt sah sie Martin stehen. Offensichtlich war seine Tournee erst mal unterbrochen, bevor sie in ein paar Tagen wieder beginnen würde.

„Hallo Martin", begrüßte sie ihn zaghaft und zuckte fast zurück, als er versuchte sie zu küssen.

Noch vor ein paar Minuten war sie mit Bernd glücklich auf der Wiese gewesen und nun stand Martin vor ihr. Wie sollte sie darauf reagieren?

Sollte sie ihn einfach so hier draußen stehen lassen? Irgendwie fühlte sich auch das falsch an. Also bat sie ihn mit einer Handbewegung in das Haus herein. War sie sich überhaupt klar gewesen, was sie von den beiden Männern wollte? Noch vor wenigen Tagen hatte sie da kein Problem gehabt, weil sie ja auch keinen Freund gehabt hatte. Und nun hatte sie sogar zwei und wusste nicht, welcher von beiden der Richtige war.

Der Tag mit Bernd war herrlich gewesen, aber auch Martin war bei ihrem letzten Treffen so zärtlich und aufmerksam gewesen. Hatte sie sich nicht Bernd zugewandt, weil Martin auf Tour gewesen war? Und nun war er wieder zurück. In den letzten Tagen hatte sie gar keine Zeit gehabt, sich darüber Gedanken zu machen, was sie wirklich wollte.

Bernd oder Martin? Martin oder Bernd?

Beide gingen ja nicht. Oder doch? Noch bevor sie eine wirkliche Entscheidung getroffen hatte, da lag sie in seinen Armen und genoss seine Zärtlichkeiten.

Erst, als er begann ihr die Bluse aufzuknöpfen, zuckte sie zurück. Es war falsch! Aber konnte etwas falsch sein, was sich so gut anfühlte?

Hin- und hergerissen versuchte sie Martin nicht zu sehr zu brüskieren, denn sie brauchte ein paar Augenblicke zum Überlegen. Vorsichtig legte sie ihre Hand auf die seine und hielt ihn fest. „Wollen wir was essen gehen?", fragte sie ihn und sah für einen Bruchteil einer Sekunde eine Enttäuschung durch sein Gesicht huschen.

Einen Augenblick später nickte er und zog sie wieder auf die Füße. „Wohin möchtest du?", fragte er sie und Rosi erinnerte sich an die kleine Bar, in der sie sich das erste Mal getroffen hatten.

Wenig später waren sie auf dem Weg, doch da er ständig in ihrer Nähe war blieb ihr an diesem Abend keine Zeit zum Überlegen. Das wäre sicher nur gegangen, wenn sie sich in einer dunklen Kammer eingesperrt hätte, um dort darüber nachzudenken, was sie wirklich wollte.

„Glücklich sein!", das war das einzige, was ihr immer wieder spontan einfiel. Doch ging das, indem sie nicht darüber nachdachte? Am Nachmittag war sie noch mit Bernd glücklich und jetzt mit Martin?

Wenn sie in seine Augen sah, war alles rings um sie herum verstummt. Zu tief versank sie in diesen Fenstern zu seiner Seele. Sie sah darin die Liebe, aber war das wirklich so? Oder machte sie sich da etwas vor.

Während des ganzen Essens lag seine Hand auf der ihren und sie spürte seine Wärme auf ihrer Haut. Nur noch ein paar Augenblicke und sie würden wieder aufbrechen, aber Rosi brauchte jetzt eine Entscheidung!

Mit einer Entschuldigung ging sie auf die Toilette und setzte sich in eine der Kabinen. Hier würde sie nur ein paar Augenblicke bleiben können. Reichte das für eine Entscheidung? Sie hörte die Tür und dann die Stimmen von zwei Frauen, die sich begeistert über Martin unterhielten. Eine von den beiden sagte „Hast du die Frau gesehen, die bei ihm saß? Die ging ja gar nicht!" Ein Blitz jagte durch Rosis Körper. Tränen schossen in ihre Augen.

Die Stimmen verstummten, die Tür fiel wieder zu. Hatten die Frauen recht? Rosi sah an sich herunter. Was wollte Martin von ihr? War sie wirklich nur ein Abenteuer? Aber er war ja zurückgekommen! Das hätte er ja nicht machen brauchen! Sie suchte sich ein Taschentuch aus der Handtasche und schnaubte hinein. Laut klang es, wie das Trompeten eines Elefanten und die Wände des Raumes verstärkten das Geräusch noch.

Noch immer zweifelnd, oder mehr als jemals zuvor, ging Rosi zum Waschbecken und wusch sich schnell die verwischte Wimperntusche ab. Danach zog sie sich die Augen wieder nach und schaute in den Spiegel. Die Frau im Spiegel war selbstbewusst. Warum war sie es nicht auch? Der Zweifel wurde fortgewischt. „Jetzt erst recht!", sagte sie sich trotzig und würde es der fremden Frau beweisen, auch wenn sie diese nicht kannte und natürlich der Frau im Spiegel ebenfalls.

Rosi ging zurück zum Tisch, nickte Martin zu und mit hocherhobenem Kopf verließ sie, an Martins Arm, die Bar. Von dort aus ließ sie sich von ihm nach Hause bringen.

Dort ging alles ganz schnell! Der Sex war trotzdem bombastisch!

Mitten in der Nacht wachte sie in seinen Armen wieder auf. Er schnarchte leise neben ihr und sie betrachtete ihn im silbernen Mondlicht. War das nun aus Liebe passiert? Oder nur aus Trotz, um es der anderen Frau zu beweisen? Seine zärtlichen Berührungen hatten sich so gut angefühlt, aber war es auch richtig gewesen?

Mit dem Blick auf den nackten Mann musste sie erneut an Bernd denken. Zwei Männer an einem Tag! Bis vor ein paar Tagen hatte sie so etwas immer Helena vorgeworfen und nun war es ihr selbst passiert. Aber irgendwie war es anders. Während es der Schwester nur um die Männer und den Sex ging, da war es bei ihr die Liebe gewesen. Zumindest irgendwie. Oder doch nicht? Konnte man zwei Männer gleichzeitig lieben?

Immer noch hatte sie keine Entscheidung getroffen. Sie wollte beide Männer haben, aber das ging nicht! Sie würde einen von beiden verlieren. Oder beide, wenn sie keine Entscheidung treffen würde. Doch wie entscheiden?

Stundenlang lag sie neben ihm wach und sah seine unwillkürlichen Bewegungen beim Schlafen. Mehr als einmal streifte seine Hand ihren nackten Körper, denn sie lagen so dicht beieinander, dass sie jede seiner Bewegungen, jeden seiner Atemzüge auf ihrer Haut spüren konnte. Das Bett war einfach nicht breit genug, als das sie Abstand von ihm nehmen konnte. Selbst, wenn sie es gewollt hätte.

Nach einer langen Nacht begrüßte er sie mit einem Kuss und alles war geklärt. Wirklich alles?

13. Kapitel

Zerbrochene Träume?

Mit einem Kuss hatte der Tag begonnen und mit einer Entscheidung ging es weiter. Rosi musste Bernd loslassen, auch wenn ihm das sicher wehtun würde. Aber noch mehr würde es sicher schmerzen, wenn sie ihm erst noch ein paar Tage etwas vormachen würde. Die Entscheidung war ja am Vorabend und in der Nacht gefallen. Nun musste sie Martin nur noch aus dem Hause schmuggeln, ohne dass Helena ihn sehen würde. In einem sich schnell übergeworfenen Bademantel schob Rosi Martin vor sich her zur Tür und war froh, als sie beide unbemerkt davor standen.

Mit einem Kuss verabschiedeten sie sich und er sagte „Bis heute Abend." Wieder folgte ein langer Kuss und gerade als sich ihre Lippen voneinander lösten, da erschien Helena, die gerade von einer Party zurückkam. Schmunzelnd ging sie an Rosi vorbei, die nur „Mist!" denken konnte. Gerade dieses Treffen wollte sie doch vermeiden!

Als Rosi in die Küche ging, saß die Schwester schon mit einer Tasse Kaffee am Tisch und sagte nur „Schwesterherz, du wirst mir immer ähnlicher." „Werde ich gar nicht", entgegnete Rosi trotzig und nahm sich eine Tasse. Schweigend sah sie in die Wolke aus Kaffeesahne, die der Löffel langsam verrührte.

Sie traute sich nicht aufzusehen, denn dann würde Helena alles aus ihren Augen ablesen können. „Von mir erfährt niemand etwas", sagte sie, stand lachend auf und ließ Rosi alleine in dem Raum zurück. Nun gab es eigentlich nur noch eines zu tun: Sie musste es Bernd sagen! Gerade war es erst einen Tag her, dass sie sich in seinen Armen glücklich gefühlt hatte und nun würde alles aus sein.

Es musste alles aus sein! Auch wenn sie das nicht wirklich wollte, denn ihr Herz hing auch an Bernd. Die letzten Tage waren nur himmlisch gewesen und was mit einem Trost wegen der Abwesenheit von Martin begonnen hatte, das war nun zu einem beachtlichen Herzschmerz geworden.

Aber meinte es Martin eigentlich auch ernst mit ihr? Wieder begannen die alten Zweifel. Er konnte doch jede haben. Warum also sie? Sie sah ihr Spiegelbild in der Glasscheibe der Küchenanrichte. Im Bademantel mit zerzausten Haaren. Fast erschrak sie vor sich selbst. Martin hatte in ihren Haaren gewühlt und das war nun das Resultat. Schnell unter die Dusche, bevor sie noch jemand so sah.

Aber Helena und Martin hatten sie ja schon so gesehen und nichts dazu gesagt. Langsam stieg Rosi die Treppe hinauf und ging in das Bad. Helena stand vor dem Spiegel und föhnte gerade ihr Haar. „Na? Heiße Nacht gehabt?", fragte sie lachend und wusste es doch schon. Es war nur einfach ihre Art die Schwester aufzuziehen. „Und selbst?", fragte Rosi zurück und erhielt nur ein Augenzwinkern als Antwort.

Schnell war sie unter der warmen Dusche. Das Wasser perlte über ihren Körper und fühlte sich so an, wie seine warmen streichelnden Hände. Ein Schauer rieselte durch ihren Körper, wie er auch durch die Dusche auf ihren Körper rieselte. Alles fühlte sich gut an und doch steckte der Zweifel in ihr, nicht das Richtige zu tun.

Die junge Frau stand so lange unter der Dusche, bis das Wasser aus dem Boiler langsam kalt wurde und sie wieder aus den Träumen zurückholte. Die Entscheidung war getroffen und sie musste sie nur noch an Bernd weiter geben, aber immer noch wusste sie nicht, wie sie das wohl machen sollte. Konnte man da wirklich rational einen Schnitt machen und sagen „Hör zu, es ist aus!"? Da sträubte sich etwas in ihr und es war ja auch nur einen Tag her, dass sie sich auch in Bernds Armen gut gefühlt hatte.

Sollte sie sich eine Hintertür offen lassen und nur um etwas Zeit bitten? Das fühlte sich auch gemein an. Aber sie wollte keinen der beiden Männer verlieren.

Es war zum Verrücktwerden! „Kann nicht alles so sein, wie es vor ein paar Tagen noch gewesen war?" Sie sah erschrocken auf, hatte sie das gerade eben selbst gedacht? Sie sah in den Spiegel und wischte den Dampf vom Glas. Eigentlich war sie doch glücklich, nur eben mit zwei Männern! Und wollte sie da wirklich wieder zurück, dass sie keinen hatte? Lieber keinen, als den Richtigen? Aber wer war der Richtige? Bernd oder Martin?

Immer und immer wieder dieselben Fragen. Sie wollte verhindern, den größten Fehler ihres Lebens zu machen und zögerte das unvermeidliche nur noch weiter hinaus. Betont langsam trocknete sie sich ab, so, als ob ihr das die Entscheidung abnehmen würde. Zumindest gab ihr das noch etwas mehr Zeit zum Überlegen. Aber vielleicht war auch grade das falsch? Konnte man solch eine Entscheidung mit dem Kopf treffen? Da musste doch das Herz sprechen! Doch das sagte gerade zwei Namen.

Nach einer ganzen Weile verließ sie das Haus und ging zu dem kleinen Park hinüber, denn sie war sich sicher, Bernd dort zu treffen. Schon oft waren sie genau in diesem Park aufeinander gestoßen.

Rosi setzte sich auf die Bank und hatte den Eiswagen in ihrem Blick. Nun saß sie hier und bat fast darum, dass er nicht in den Park kommen würde, doch dieser Wunsch wurde ihr nicht erfüllt. Schon wenige Minuten später sah sie ihn freudestrahlend auf der anderen Seite die freie Fläche betreten. Er kam direkt auf sie zu und beugte sich zu ihr herab. Als er versuchte, sie zu küssen, zuckte sie zurück und sagte nur „Wir müssen reden!"

Schlagartig war das Lächeln aus seinem Gesicht verschwunden. Er ahnte wohl schon, was nun kommen würde. Nach solch einer Ansage sicher nichts Gutes. Wortlos setzte er sich neben sie auf die Bank und wartete auf sein Urteil. Und nun?

Nun musste sie etwas sagen!

Mühsam stammelte sie etwas zusammen von „Ich liebe dich … aber … Das kann mit uns nichts werden … ich brauche noch Zeit …" und endete mit dem vernichtenden Satz „Lass uns Freunde bleiben." Bernd konnte nur nickten. Kein Wort kam über seine Lippen. Der Mann erhob sich und ging. Rosis Blick folgte ihm.

Mit hängenden Schultern, ohne einen Blick zurück, verließ er den Platz. Für ihn war im Moment sicher ein Traum zerbrochen. Und für Rosi? Hatte sie sich mit dem Satz „Ich brauche noch Zeit." nicht dennoch eine Hintertür offen gehalten? Sie erhob sich genauso müde, wie Bernd zuvor, und ging. Was würde werden?

14. Kapitel

Auf Tour

Sie schlich nach Hause und fühlte sich schlecht. So schlecht, wie Bernd sich vermutlich auch gerade fühlte. So etwas hatte sie noch nie zuvor gemacht. Bisher hatten ihre Freunde und Bekanntschaften immer sie abgeschossen. Aber sie konnte sich nicht vorstellen, dass diese damals so ähnlich gefühlt hatten. Nun konnte sie es nicht erwarten, dass es Abend wurde und sie Trost in Martins Armen finden würde. Gleichzeitig machte sich eine Erkenntnis in Rosi breit: in ein paar Tagen würde er auf Tournee gehen. Und was dann? Sollte sie zu Hause auf ihn warten? Immer nur auf das Telefon starren und seinen Anruf abwarten? Nein!

Sie hatte noch ihren ganzen Urlaub. Was wäre, wenn sie die Gruppe begleiten würde? Würde das gehen? In ein paar Stunden würde sie Martin fragen und der würde hoffentlich nicht ablehnen. Und was, wenn doch? Daran wollte sie im Moment nicht denken. Es musste ganz einfach klappen.

Nun verging die Zeit zu langsam. Hatte sie bis vorhin noch versucht, die Zeit zu dehnen, so versuchte Rosi nun den Tag schneller laufen zu lassen. Aber je öfters sie zur Uhr sah, desto langsamer verging der Tag. Endlich klingelte es an der Haustür und sie rannte die Treppe hinab. Ihre Füße berührten dabei kaum die Stufen und sie flog in seine Arme. Rosis Schwung hätte ihn fast von den Füßen gerissen.

Sie lachten zusammen und ein Kuss von ihm verschloss ihren lachenden Mund. Sie zog ihn in ihr Zimmer und wenig später saßen sie, wieder im Kuss vereinigt, auf ihrem Bett. „Kann ich euch begleiten?", fragte sie zwischen zwei zärtlichen Umarmungen und er nickte nur. Alles war gut und gesagt mit einer Kopfbewegung.

Nun konnte sie sich fallen lassen und zog ihn hinter sich her. Wieder genoss sie die zärtlich streichelnden Hände, die sie langsam aus ihren Sachen befreiten. Seine Fingerspitzen begannen jeden Zentimeter von Rosis Haut zu erkunden. Seine Lippen glitten über ihren Hals. In einem Aufbäumen riss sie Martins Sachen von seinem Körper. Nicht so langsam und sorgfältig, wie er es zuvor bei ihr getan hatte. Die Knöpfe seines

Hemdes flogen davon und die würde sie später wieder annähen müssen.

Nun gab es keinen Gedanken mehr für Bernd. Nur noch Martin war in Rosis Blick. In ihrem Kopf und in ihrem Herz. Sie zog ihn auf sich, in sich und genoss seine Stärke. Nun war er auch in ihrem Schoß! Ihre Bewegungen passten sich an und es entstand ein gemeinsamer Rhythmus aus zwei Körpern, die nun einer waren. Gegenseitig trieben sie sich ihrem Höhenpunkt zu.

Seine Hände schienen überall auf Rosis Körper zu sein und schließlich ergoss er sich mit einem Stöhnen tief in ihr. Mit einem Schrei löste sich kurz darauf auch Rosis Anspannung und sie fiel zitternd in ihr Bett zurück. Das Glück durchflutete ihren Körper.

Wenig später lagen sie erschöpft, aber glücklich nebeneinander. Während Martin zu schnarchen begann, da spürte Rosi diesem, gerade erlebten, Glücksgefühl nach.

Rosis Blick ging dabei auch zum Nachtisch mit der nicht benutzten Packung Kondome darauf. Am Vortag hatten sie diese noch mit in ihr Liebesspiel einbezogen, doch diesmal hatten sie in ihren Gier nicht daran gedacht. Ihre Finger tasteten sich zu ihrem Schoß, wo seine Spuren noch zu ertasten waren. Glücklich seufzend schloss nun auch sie die Augen, kuschelte sich an ihn an und schlief entspannt ein. Dass sie mit ihrem Schrei sicher das ganze Haus geweckt hatte, das war ihr im Moment ganz egal.

Sie wachten nackt nebeneinanderliegend auf. Die Sonne schien schon in ihr Zimmer und es musste fast Mittag sein. Er begann sie wieder zu streicheln und setzte fort, womit sie am Abend zuvor aufgehört hatten. Und diesmal liebte er sie im hellen Sonnenlicht. Das erste Mal wohl bei voller Beleuchtung! Der Zweifel war fern und sie ritt ihn zum Höhepunkt.

Als sie wieder erschöpft nebeneinander lagen, fragte sie ihn, wohin seine Tournee ging und er zuckte nur mit den Schultern. „Unser Management macht das alles für uns. Die machen die Termin, die Auftritte und die Übernachtungen klar. Wir setzen uns in den Bus und werden dorthin gefahren, wohin wir sollen. Ich habe nicht so gern Verantwortung", erklärte er und stand auf.

Mit einem Handtuch um die Hüften ging er in das Bad hinüber und Rosis Blick fiel erneut auf die Packung auf dem Nachttisch. Irgendwie war auch sie verantwortungslos gewesen, doch das ganze Leben in die Hand eines Fremden zu legen? So gar nicht zu wissen, was morgen oder übermorgen sein würde? Konnte sie das? Sie erhob sich aus dem Bett, warf sich das Nachthemd über und folgte ihm in das Badezimmer. Von einem Hocker aus beobachtete sie ihn, wie er unter der Dusche stand, dann fragte sie ihn „Wann geht es los?" „Übermorgen früh. Ich hole dich dann ab", antwortete er, während er das Wasser abdrehte und ihr die Dusche frei gab.

Mit einer Handbewegung hielt er ihr die Tür auf, doch so wirklich traute sie sich im Moment nicht hinein, erst als er gegangen war, stellte sie sich unter den wärmenden Wasserstrahl.

Sie würde noch ihren Urlaub einreichen müssen. Dazu blieb ihr nur ein Tag und sie hoffte, dass ihr Chef da mitspielen würde. Aber den hatte sie schon oft um den Finger gewickelt. Vielleicht mochte er sie besonders und daher würde das schon klappen.

Als Rosi das Wasser abdrehte, betrat Helena das Bad. „Diesmal also Martin", sagte sie mit einem Lächeln. „Hast du ihn gesehen?", fragte Rosi zurück. „Nein. Ich habe es gestern Nacht gehört!", entgegnete die Schwester und Rosi wurde ein bisher rot. Doch sie rubbelte sich schnell mit dem Handtuch ab, um es zu verdecken. „Ich gehe mit den Jungs auf Tour", sagte sie schließlich, als sie vor den Spiegel trat. „Du? Mit fünf Jungs unterwegs? Schwesterherz, das würde nicht mal ich machen!", antwortete Helena und zwinkerte Rosi zu. „Nicht was du denkst!", entgegnete Rosi mit einer gespielten Entrüstung, dann lachten die beiden Frauen.

Die Zeit bis zum Aufbruch verging rasend schnell. Es musste noch so viel geklärt und vorbereitet werden. Doch alles ging gut. Ein Augenaufschlag und der Urlaub war bewilligt. Dass sie an dem Tag ihr kürzestes Kleid getragen hatte, hatte die Sache sicher zusätzlich beschleunigt.

Nun saß sie mit dem kleinen Koffer in der Küche und wartete auf das erlösende Klingeln.

Endlich hielt der Bus vor dem Fenster und sie konnte Martin schon sehen. Noch bevor er geklingelt hatte, stand sie bereits hinter der Tür und begrüßte ihn mit einem stürmischen Kuss. Schnell war ihr Koffer verladen und sie saßen in dem kleinen Gefährt, welches sie nun irgendwohin bringen würde. Wohin, das wusste nur der Busfahrer. Hoffentlich! Die anderen vier Jungs betrachteten sie etwas distanziert.

Vermutlich war sie die erste Frau, die hier mit im Bus fuhr. Doch das störte sie nicht. Sie saßen zu zweit ganz hinten und bekamen vor lauter Küssen nichts von der Fahrt mit.

15. Kapitel

Und schon wieder Zweifel

Seit einer Woche war Rosi nun schon mit der Gruppe auf Tour. In dieser Zeit hatte sie ein paar kleine Hotels gesehen und einige Säle, in denen die Gruppe auftrat. Es war mitunter ein Tag Pause dazwischen, wo sie mit dem Bus zum nächsten Ort gefahren wurden. In der ganzen Zeit hatte sie nicht wirklich viel von den Städten und Orten gesehen, in die sie gefahren waren. Wenn sie gerade jemand fragen würde, wo sie war, sie hätte erst mal ein paar Minuten überlegen müssen. Oder jemanden Fragen.

Der Tagesablauf war immer derselbe: Nachmittag gingen die Jungs auf die Bühne zum Aufbauen und Instrumente abstimmen. Dann wurde abends das Konzert gegeben und danach ging es in das jeweilige Hotel zurück. Kuscheln, schlafen und das meist bis Mittag. Danach ging es von vorn los. Oder der Bus brachte sie eben woanders hin.

Bei den Konzerten stand Rosi am Rande der Bühne in einem Versteck. So konnte sie die

Band, aber auch die Zuschauer sehen, ohne von diesen bemerkt zu werden. Sie sah die Mädchen und jungen Frauen unten vor der Bühne. Manche waren sicher noch keine sechzehn Jahre alt. Rosi sah die auf die Bühne geworfenen Teddybären und die strahlenden Gesichter der Mädchen, wenn einer aus der Gruppe einen der Bären fing. Manche Mädchen sahen aus, als ob sie zum ersten Mal die Schminkschatulle der älteren Schwester geplündert hätten.

Und sie sah auch, wie sich diese jungen Mädchen nach dem Konzert den Jungs an den Hals warfen. Groupies eben! So wie man sie sich die einfach nach den Erzählungen vorstellte. Noch vollkommen begeistern von dem Erlebnis der Musik, des Konzertes, des ersten Abends ohne die Eltern.

Manche von ihnen sah Rosi dann am nächsten Tag aus dem Hotel schleichen. Mit mehr als einem Autogramm in der Tasche. Irgendwie kam ihr das Ganze dann doch komisch vor. Einzig Martin ließ sich nicht auf die verführerischen Spielchen der jungen Dinger ein. Aber sicher auch nur, weil sie ja in seiner Nähe war.

Wie war das wohl in der Woche gewesen, in der er ohne sie auf Tour gewesen war? War er da auch so abweisend gewesen? Die anderen Vier schienen da kein Problem zu haben, die Mädchen mit auf ihr Zimmer zu nehmen. Sex, Drugs und Rock 'n' Roll! Das war man ja gewöhnt.

Erneut schlichen sich Zweifel in Rosis Herz hinein. In ein paar Tagen wäre ihr Urlaub vorbei und sie würde wieder ihrer Arbeit nachgehen. Dann wäre Martin alleine auf seiner Tour. Und dann?

Sie war praktisch die einzige Frau unter zwanzig Männern, die mit ihnen mitreiste. Vielleicht sahen die Anderen sie daher oft so komisch an. Rosi versuchte sich überall ein bisschen nützlich zu machen, aber eigentlich hatte sie nichts zu tun. Handlangerdienste, Kabel reichen, aufräumen, während die Jungs auf der Bühne probten. Getränke reichen beim Konzert in den kurzen Pausen.

Und natürlich die Nächte mit Martin. Auf die freute sie sich den ganzen Tag. Auf seine Streicheleinheiten, seine Zärtlichkeiten. Aber auch auf seine aufgeregten Erzählungen, wenn er von der

Bühne kam und einfach seine Eindrücke mit ihr Teilen wollte. Die Emotionen des Erfolges, die einfach rausmussten, und die dann im Bett endeten.

Manchmal hatte sie aber dabei das Gefühl, das er durch sie hindurch sah. Sie gar nicht richtig wahrnam. Vielleicht noch in Gedanken beim Konzert oder den Mädchen war, während er in ihr steckte. Dann kam sie sich irgendwie benutzt vor, doch das Gefühl verflog schnell. Sie war es ja, die er dann im Moment begehrte.

Das Ende der Woche kam, sie waren wieder in irgendeiner Stadt, auf irgendeinem Fest. Unten tobte die Menge, als Rosi dringend auf die Toilette musste. Hinter der Bühne gab es aber nur die für die Männer. Sollte sie nach vorn gehen? Oder in das nahe Hotel? Unschlüssig stand sie für einen Moment vor der Tür. Sollte sie hineingehen? Die Männer waren sicher gerade alle beschäftigt und ein drängendes Gefühl ließ ihr nicht viel Zeit für eine Entscheidung.

Vorsichtig schob sie die Tür auf und schlüpfte eilig in den, zum Glück leeren, Raum. Schnell hatte sie die Tür von einer der Kabinen geschlossen.

Gerade war sie fertig und wollte aufstehen, als sie hörte, wie die Tür geöffnet wurde und ein paar Männer den Raum betraten. Sie hörte laute Stimmen und eine davon war die von Martin. Vor ihrer Tür unterhielten sie sich lautstark und fast schämte sie sich dafür, dass sie hier lauschte. Doch die Unterhaltung war einfach unüberhörbar.

Sie hörte es plätschern und die Gespräche drehten sich zuerst um die Musik. Danach ging es um die Mädchen. Sie erzählten sich von dem, was sie bisher gesehen hatten. Nur Martin schwieg. Rosi schüttelte den Kopf. Männer! So wie die von den Frauen erzählten, schienen sie nicht viel von ihnen zu halten. „Bitches" „Chics" oder „Girls" nannten sie die Mädchen. Dachten sie das auch von ihr?

Langsam begann sie an ihrer bisherigen Einschätzung der Jungs zu zweifeln. Hier, unter sich, offensichtlich ungestört, redeten sie so, wie sie es vermutlich immer taten, wenn keine Frau dabei war. Vielleicht war auch das ein Grund, warum sie immer so komisch schauten, wenn Rosi mit im Bus war. Sie mussten sich zusammenreißen und konnten nicht so erzählen, wie sie es sicher sonst gewohnt waren.

Dann schwenkte die Unterhaltung wieder in eine neue Richtung. Diesmal in eine für Rosi unerfreuliche, denn plötzlich ging es um sie. Sie hielt die Luft an und lauschte. Einer begann zu reden, der vermutlich direkt vor ihrer Tür stand.

„Was ist eigentlich mit deiner Dicken?" Rosi hörte nur ein Lachen. „Da unten im Saal sind tausend Chics, die nur darauf warten das du sie" das folgende Wort, dass mit F anfing, ging im Gebrumm eine Luftgebläses unter. Der Sinn war aber klar gewesen. Rosi spürte, wie ihr das Blut in den Kopf schoss. Das dachten sie über sie? Sie war die „Dicke" die von Martin gevögelt wurde?

Das Lachen der Männer drang höhnisch bis zu ihr herein und dann ging wieder die Tür. Es war Ruhe in der Toilette. Martin hatte nichts gesagt. Er hatte sie nicht verteidigt! Das war eigentlich das Schlimmste daran. Hatte er nicht sogar mitgelacht? Der Zweifel brüllte sie an!

16. Kapitel

Im Tal der Tränen

Die Musik setzte draußen ein und ihr schossen die Tränen in die Augen. Liebte er sie überhaupt? Hatte er das jemals gesagt? Oder war sie nur ein „Ding"? Nur die „Dicke" die gerade da war? Zum Reden und ficken! Hatte er daher in der Nacht immer durch sie hindurch geschaut? Im Gedanken bei einer anderen? In einer anderen? Die Taschentücher reichten nicht, um die Tränen zu stillen. Die Rolle mit dem Toilettenpapier wurde auch immer leerer. „Nur fort von hier!", rauschte es durch ihren Kopf. Sie stürzte aus der Toilette und lief zum Hotel hinüber. Dabei vermied sie es, die anderen mit ihren verheulten Augen anzusehen.

Wo war sie hier überhaupt? Sie kam an der Rezeption vorbei und bestellte sich ein Taxi, dann rannte sie auf ihr Zimmer, packte zusammen und hastete mit ihren Sachen nach unten.

Während sie auf das Taxi wartete, spielte die Band gerade ihr Lieblingslied. Wieder schossen die Tränen in ihre Augen. Wie viele hatte sie noch davon? Und wo sollte sie hin?

Langsam fiel die Dämmerung auf die kleine Stadt und dann bremste das Taxi direkt vor ihr. „Zum Bahnhof!", sagte Rosi und ließ sich auf den Rücksitz fallen. Erneut kramte sie ein Taschentuch aus der Handtasche. Ein älterer Mann war der Fahrer, der sie fragend ansah, aber sie konnte nur schluchzen und nicken.

Schnell fuhr der Mann los. Unterwegs reichte er eine Packung Taschentücher nach hinten, als Rosi verzweifelt nach einem unbenutzten in der Handtasche suchte. „Alles gut Kindchen?", fragte der Mann und Rosi schnaubt laut in das Taschentuch. „Ja. Alles gut!", log sie durch die Tränen. „Wo bin ich hier eigentlich?", fragte sie und der Mann antwortete „In einem Taxi." Rosi musste lächeln. „Nein. Ich meine: in welcher Stadt?" Der Fahrer nannte den Namen der Stadt, der Rosi aber nicht viel sagte, daher nannte sie den Namen ihrer Heimatstadt und fragte „Wie komme ich da hin?"

„Da fährt heute noch ein ICE. Es sind etwa hundert Kilometer bis dorthin!", antwortete er und fuhr schon auf den Bahnhofsvorplatz. „Ich wünsche dir viel Glück", sagte der Mann, als er ihr die Tür aufhielt. Sie zahlte und bedankte sich, dann war der Mann weg.

Die einsetzende Dunkelheit machte den Bahnhof nicht viel freundlicher. In der Halle standen ein Ticketautomat und eine Bank, sonst war der Empfangsraum vollkommen leer. Keine Reisenden mehr zu dieser Zeit? So spät war es doch aber gar nicht. Am Plan sah sie nach der Abfahrtszeit und es war noch etwa eine Stunde, bis der Zug fuhr.

Sie gab die Zieladresse am Automaten ein und bezahlte mit ihrer EC-Karte fast 100 Euro für die Fahrkarte. Sollte sie in dem Raum warten? Oder hinaus zum Bahnsteig gehen? Hier war ja keiner und draußen? Sicher auch nicht viele Menschen. Wieder schossen ihr die Tränen in die Augen. Warum eigentlich? Nur weil Martin nichts gesagt hatte? Sie nicht wenigstens versucht hatte zu verteidigen? Sicherlich! So etwas kann keine Liebe sein! Wieder gingen ihr die Taschentücher aus. Sie zog ihren Koffer hinter sich her und verließ den Raum zum Bahnsteig hin.

An einem kleinen Kiosk kauft sie sich Taschentücher und etwas zu Trinken. Mit der Limonade setzte sie sich auf den Bahnsteig auf eine Bank und schaute auf den Zeiger der Uhr direkt über dem Durchgang. Langsam schritt er vorwärts und immer wenn der Wind ungünstig stand, dann wehte er ein paar Fetzen von der Musik zu ihr herüber. Die Band spielte immer noch. Mit tausenden jungen Frauen direkt vor sich. Langsam wurden ihr erneut die Taschentücher knapp.

Irgendwann hatte sie einfach keine Tränen mehr und ihre Augen brannten nur noch. Ein paar Betrunkene polterten über den Bahnhof, aber sie ließen sie unbehelligt. Dann kam endlich die Ansage, dass der Zug einfuhr.

Der weiße Zug hielt und direkt vor ihr öffnete sich die Tür. Ein paar Menschen stiegen aus und sie war die einzige, die einstieg. Es dauerte einen Moment, bis sie einen Platz im Zug gefunden hatte und gerade als sie sich setzte, fuhr der Zug auch schon wieder an.

Hundert Kilometer oder etwas mehr wie eine halbe Stunde würde es nun dauern, bis sie wieder zu Hause sein würde. Gerade mal genug Zeit, um in der Bordtoilette das Make-up so weit aufzufrischen, dass Helena nicht sofort sehen würde, was passiert war. Bestimmt würde sie dennoch fragen, warum sie einfach jetzt, nach nur einer Woche, nach Hause kommen würde.

Vor dem Aussteigen begann das Telefon zu vibrieren. Rosi erkannte die Nummer, die sie sofort wegdrückte. Vermutlich war jetzt gerade das Konzert zu Ende und Martin suchte sie. Aber sie wollte nicht mit ihm reden. Nie wieder! Sollte er sich doch etwas anderes für seinen Spaß suchen! Sie stand dafür nicht mehr zur Verfügung. Und doch trauerte sie auch den schönen Momenten nach.

Der Weg vom Bahnhof bis nach Hause war nicht sehr weit und dafür brauchte sie kein Taxi. Die Luft des Abends war angenehm kühl und tat ihr gut. Als sie schließlich das Haus betrat, war es ruhig darin und sie schlich sich auf ihr Zimmer.

Mit dem Aufflammen des Lichtes in ihrem Zimmer fiel ihr Blick auf das große Poster über ihrem Bett, das wenig später zerrissen im Mülleimer neben der Tür landete. Auch die CD folgte. Zum Glück war ihr geliebter Teddybär im Regal neben der Tür. Er hatte auf sie gewartet und er war ihr treu geblieben. Mit ihm kuschelte sie sich in ihr Bett und er saugte ihre neuen Tränen auf. Mit ihrem Teddy schlief sie schließlich ein.

Am nächsten Morgen weckte sie Helena, die Rosis Zimmer betrat, um etwas zu holen. Überrascht setzte sich die Schwester an Rosis Bett. Der Teddy in ihrem Arm hatte Rosis Gemütszustand mehr als deutlich verraten. Helenas versuchte sie zu trösten, doch brauchte sie überhaupt Trost? „Hak es ab. Männer sind nun mal so!", sagte Helena, als sie das Zimmer verließ und vielleicht hatte die Schwester recht.

Waren wirklich alle Männer so? Eine Weile später erschien Helena mit einem Becher Schokoladeneis wieder in dem Zimmer und gab ihn Rosi als Seelentröster. Aber hatte nicht damit alles angefangen? „Ich bin doch nur die Dicke!", sagte Rosi und schob den Becher schluchzend zurück. Helena nahm sie wieder in den Arm. „Du bist nicht dick!", entgegnete die Schwester.

Gemeinsam leerten sie den Becher mit dem Eis, sie redeten, vermieden es aber, dabei über Männer zu sprechen.

17. Kapitel

Die richtige Entscheidung?

Die zweite Woche ihres Urlaubs hatte Rosi das Haus nicht verlassen. Sie hatte sich in ihrem Zimmer eingeigelt, das Telefon ausgeschaltet und die Vorhänge zugezogen. Ihr einziger Kontakt zur Außenwelt war Helena, die sie mit allem versorgte, was Rosi brauchte. Am Ende dieser Woche ging es Rosi so schlecht, dass sie sich mehrmals am Tage übergeben musste. Nichts Gutes ahnend holte Helena einen Schwangerschaftstest in der Apotheke, der dann auch ihre Vermutung bestätigte.

Rosi dachte an die tolle Nacht mit Martin, aber auch an den schönen Nachmittag am Teich mit Bernd. Zweimal unvorsichtig gewesen, zweimal hätte es klappen können und einmal hatte es offensichtlich auch geklappt.

Still fluchte sie in sich hinein und betrachtete den Strich auf dem Test, so als ob er durch das darauf starren verschwinden würde, aber er blieb. Und die Übelkeit blieb auch. „Was nun?", waren ihre ersten Worte Helena gegenüber und die sagte nur „Behalten? Oder nicht?" So einfach konnte eine Antwort auf diese Frage sein! Oder doch nicht?

Ihre Gedanken gingen mit einem Mal zu Bernd. Sie hatte ihn so tief verletzt, als sie ihn abgeschoben hatte. War das die richtige Entscheidung gewesen? Offensichtlich nicht. Und hatte sie nicht zu ihm gesagt, dass sie noch Zeit brauchte? Also war es kein vollkommener Rückzug gewesen. Doch nun? Alles in ihr sträubte sich, einfach zu ihm hinzugehen, als wäre nichts passiert und dann zu sagen „Ach übrigens: Ich bin schwanger."

Wütend warf sie den Test in den Eimer. Ohne diesen Test wäre es vielleicht gegangen, doch nun? Sie würde es ihm sagen müssen, allerdings fühlte sich das genauso falsch an. Da konnte sie auch zu ihm gehen und sagen „Ich brauche einen Vater für mein Kind. Ich weiß aber nicht, ob du es warst." Helena verschwand aus dem Zimmer und Rosi ging zum Fenster hinüber.

Zum ersten Mal seit einer Woche schob sie die Vorhänge zur Seite. Es war mitten am Tag und draußen war ein schöner Sommertag. Sollte sie das Haus verlassen? Nur wozu? Irgendetwas zog sie nach draußen.

Ohne dass sie es verhindern konnte, saß sie wenig später in dem kleinen Park am Eiswagen. Es war derselbe Platz, an dem sie sich von Bernd getrennt hatte. Die Sonne schien von oben auf sie herab und es war herrlich warm. Jeder Sonnenstrahl erinnerte sie dabei an den Tag am See und gerade als sie aufstehen wollte, da betrat Bernd den Park.

Ihr direkt gegenüber lief er zum Eiswagen und stutzte dann. Der Mann drehte sich um und sah zu ihr zurück. Mit zwei Eis kam er wenig später zu ihr auf die Bank und hielt ihr eines davon hin. War es ein Friedensangebot? Hätte sie ihm das nicht geben müssen?

Aber es war ja nur ein Eis!

Rosi lächelte ihn an und nahm das Eis. Dann saß er neben ihr und sie sahen sich nur an. Nach ein paar Minuten sagte er „Dein Eis schmilzt." Und damit brach er auch das Eis um ihr Herz. Ohne darüber nachzudenken, küsste sie ihn.

Nachdem sie das Eis gegessen hatten, gingen sie Hand in Hand durch den kleinen Park. Immer noch überlegte sie, wie sie es ihm wohl sagen konnte. Verschweigen wollte sie es ihm jedenfalls nicht.

Wortlos verließen sie den Park und kamen wenig später an ihrem Haus vorbei. In der Einfahrt blieb Rosi stehen. „Jetzt oder nie!", dachte sie sich und plötzlich brach alles aus ihr heraus. In immer mehr sprudelnden Worten versuchte sie ihm alles zu erklären, doch er verschloss ihren Mund einfach mit einem Kuss. „Sag nichts. Wir beginnen von vorn!", sagte er schließlich und stellte sich vor. „Hallo. Ich bin der Bernd." Sie lächelte und küsste ihn zurück. „So stürmisch junge Frau?", fragte er lachend und sie zog ihn hinter sich her in das Haus hinein. War das jetzt richtig? Ihr Körper reagierte wie auf Autopilot. Kein Gedanke, nur Gefühle.

In ihrem Zimmer angekommen, entgegnete sie mit gespielter Entrüstung, als er ihr an die Bluse griff. „Mein Herr, wir kennen uns doch erst kurz!", sagte sie und versuchte sich spielerisch seinem Griff zu entwinden, doch er setzte nach und zog sie in seine Arme.

Das hatte sie gebraucht, danach hatte sie sich gesehnt. Zuneigung, Liebe, Geborgenheit, Wärme. Für einen Moment dachte sie daran, dass es Bernd vielleicht auch nicht ernst meinte mit ihr, doch sie verscheuchte den Gedanken. Nicht alle Männer waren schlecht. Aus dem Augenwinkel heraus sah sie, wie Helena durch die Zimmertür schaute und sich lächelnd wieder zurückzog.

Wenig später lagen ihre Sachen auf dem Fußboden und er hob sie auf seine Arme. Sie versuchte dies kurz abzuwehren, doch er bestand darauf. Mühelos trug er sie zu dem Bett hinüber und legte sie dort ab. Er kniete sich vor sie und Rosi öffnete sich für ihn. Bernd vergrub seinen Kopf in ihrem Schoß und sie hörte die Engelein singen.

Eine Gänsehaut zog sich über ihren ganzen Körper. Unwillkürlich bäumte sie sich auf, wurde aber von ihm zurück auf das Laken gedrückt. Er küsste sie und sie schmeckte sich selbst auf seinen Lippen. Nun jagte nur noch pure Lust durch ihren Körper. Sie wollte diesen Mann! Sie drückte ihn auf das Bett und vergrub nun ihren Kopf in seinem Schoß. Mehrmals wechselten sie die Positionen bis sie es nicht mehr aushielt und ihn fast bettelte „Komm in mich!"

Er streifte ihre Schenkel und erfüllte ihr den gehauchten Wunsch fast sofort. Für einen Moment zuckte sie zusammen, da es ja auch das Bett war, in dem sie mit Martin gewesen war. Doch der zählte nun nicht mehr. Wild warf sie sich Bernd entgegen und genoss jede seiner Bewegungen.

Gegenseitig trieben sie sich voran. Immer weiter, bis zu dem Punkt, von dem es kein Zurück mehr gab. Gemeinsam fielen sie über diese Klippe und lagen schwer atmend nebeneinander. „Ich liebe dich", sagte Bernd und begann sie zu streicheln.

Rosi küsste ihn und wusste, sie hatte die richtige Entscheidung getroffen. „Du bist so wunderschön", flüsterte Bernd und glitt mit seinen Fingern über ihren Körper. Im Nachklingen des Höhepunktes folgte eine Gänsehaut seinen Berührungen. Schließlich schliefen sie gemeinsam ein. Alles war gut.

18. Kapitel

Gefunden!

Seit einem viertel Jahr wohnten sie nun schon zusammen in Bernds Wohnung. Mit ihm hatte sie den Richtigen gefangen. Mittlerweile war Rosi im achten Monat und fühlte sich oft wie ein Wal auf dem Trockenen. Da sie Zwillinge erwartete, war auch ihr Leibesumfang entsprechend angewachsen, doch Bernd streichelte sie, wann immer es ging. Diese Nähe, Liebe und Zuwendung war genau das, was Rosi brauchte. Jeden Tag!

Martin hatte noch ein paar Mal versucht, sie telefonisch zu erreichen, doch sie hatte ihn immer weggedrückt und irgendwann hatte er es dann gelassen. Nicht ein Mal hatte er versucht, sie persönlich zu sprechen, obwohl er ja wusste, wo er sie hätte finden können. Vermutlich war er ganz froh gewesen, dass sie verschwunden war. Manchmal schüttelte sie noch den Kopf, wenn sie daran dachte, wie dumm sie doch gewesen war.

In den letzten Monaten hatte sie über ihn ein paar Berichte in den Zeitungen gelesen und auch

ein Foto von ihm mit seiner neuen Freundin gesehen. Es hätte eine Doppelgängerin von Helena
sein können und war damit das ganze Gegenteil
zu Rosi. So viel halt zu seiner Liebe.

Das wäre sicher nicht lange gut gegangen und
immer wieder war sie froh, wenn sie in Bernds
Augen sah und dort die Liebe zu ihr erblickte.
Eine reine und ehrliche Liebe. Ohne Wenn und
Aber. So oft er konnte, zeigte er ihr seine Liebe
mit kleinen Aufmerksamkeiten und Blumen. Und
natürlich mit seiner Zärtlichkeit!

Heute war nun Helenas achtzehnter Geburts-
tag und den wollte die Schwester mit ihr und
Bernd feiern. Seit ein paar Stunden standen sie in
der Küche und bereiteten Häppchen vor, da Rosi
auch noch ein paar von Helenas Freundinnen ein-
geladen hatte. Immer wieder musste sich Rosi
setzen und eigentlich war das lange stehen schon
nichts mehr für sie. Doch für die Schwester nahm
sie diese Anstrengung gern auf sich.

Schließlich wurde es Abend und die kleine
Wohnung füllte sich. Es wurde leise Musik ge-
spielt, man unterhielt sich, tanzte und lachte.
Bernd versuchte ihr jeden Wunsch von den Au-

gen abzulesen, doch sie wollte sich nicht bemuttern lassen.

Mitten in diese Feier durchzuckte ein Schmerz Rosis Bauch. Schon seit ein paar Tagen hatte sie Vorwehen und daher nahm sie es einfach so hin, hielt sich am Tisch fest und wartete, dass es vorbei ging. Aber als nach ein paar Minuten der nächste Schmerz kam und die Fruchtblase platzte, da winkte sie Bernd zu sich und sagte „Ich glaube es geht los." Mit dem Blick auf die Pfütze zu ihren Füßen stammelte sie „Entschuldigung!"

Auf Helenas fragenden Blick, von der anderen Seite des Raumes hin, sagte Rosi „Du wirst heute noch Tante." „Na das wäre ja ein Geburtstagsgeschenk!", rief Helena zurück und lief zum Telefon. Wenig später saß Rosi hinten in Bernds Auto. Er fuhr und Helena hielt ihre Hand. Eine Wehe nach der anderen durchzuckte ihren Körper und die kamen immer schneller. Würde sie die Kinder im Auto bekommen? „Fahr schneller!", presste Rosi durch die Zähne.

Mit quietschenden Reifen bremste Bernd und endlich waren sie im Krankenhaus. Dort durfte

Bernd mit in den Kreißsaal und Helena wartete auf dem Flur.

Es war noch nicht Mitternacht, da hatte Rosi einen Jungen und ein Mädchen im Arm. Erschöpft aber glücklich lächelte sie ihren Freund und die Schwester an. Im Überschwang des Glückes gab Bernd Rosi einen Kuss und sagte „Ich bin so stolz auf dich. Meine schöne Frau." dabei zog er einen Ring aus der Hosentasche, kniete sich vor das Krankenhausbett und fragte „Rosi. Möchtest du meine Frau werden?"

Fast sofort sagte sie „Ja. Ich will!" Er küsste sie und steckte ihr den Ring an. Rosi hatte ihr Glück gefunden und sie würde es für immer festhalten. Was brauchte Rosi einen Star, wenn sie doch die Liebe ihres Lebens habe konnte?

ENDE

Von Uwe Goeritz im Verlag BoD (Books on Demand, Norderstedt) ebenfalls erschienene Bücher:

„Cecilia im Bann der Liebe"
ISBN lautet: 978-3-7392-4583-6
Altersempfehlung: ab 16 Jahre

„Was ist Liebe und warum kann sie uns in ihren Bann ziehen? Kann Mann oder Frau das mit dem Kopf entscheiden? Oder ist da eine rationale Entscheidung völlig unnütz? Cecilia, die Heldin dieser Geschichte, beginnt ihrem Kopf zu folgen, wo sie ihrem Herz hätte folgen sollen.

Gibt es für sie die Chance, diese Entscheidung zu revidieren? Oder bleibt sie allein und unglücklich zurück?"

112 Seiten für 6,49 Euro

„Für Immer an deiner Seite"
Die ISBN lautet: 978-3-7412-8407-6
Altersempfehlung: ab 16 Jahre

„Eine junge Frau schaut sich um und blickt zurück auf ihr Leben. „Wann ist die Liebe eigentlich erloschen?" fragt sich Maria, die Heldin dieser Geschichte. Im täglichen Kleinklein des Lebens hat sie sich viel zu weit von ihrem Mann entfernt. Oder er sich von ihr? Gibt es noch eine Chance?

Ist noch etwas Glut unter der Asche ihrer Liebe und kann der Wind der Veränderung die Flamme ihrer Liebe neu entflammen? Oder verweht der letzte Funken für immer und es beginnt ein neues Leben? Mit einem anderen?"

112 Seiten für 6,49 Euro

„Die Liebe ist (k)ein Ponyhof"

Die ISBN lautet: 978-3-7412-7920-1
Altersempfehlung: ab 16 Jahre

„Manchmal geht es in der Liebe zu wie in einem Ponyhof. Zwei Treffen sich und trennen sich wieder, oder sie bleiben zusammen für immer und bilden eine kleine Familie. Ramona, die Heldin dieser Geschichte, liebt ihr Pflegepferd Rodrigo über alles.

Außer ihm hat sie keine Freunde, weder auf Arbeit noch privat klappt es bei ihr.

Durch Rodrigo ist sie mit der Welt verbunden und durch den Hengst findet sie ihr Glück. Im Ponyhof und auch in der Welt."

116 Seiten für 6,49 Euro

„Griechische Küsse"

Die ISBN lautet: 978-3-7448-7274-4
Altersempfehlung: ab 16 Jahre

„War ihr ganzes bisheriges Leben eine einzige Lüge? Diese Frage stellt sich Jette, die Heldin dieser Geschichte. Nach dem Tod ihrer Mutter findet sie Hinweise darauf, dass die Geschichten, die ihr die Mutter über ihren Vater erzählt hatte, so nicht ganz stimmten.

Sie macht sich auf die Suche nach ihm und beginnt eine Reise, auf den Spuren der Mutter, in eine Zeit, in der ihr Leben einst begann. Auf Kreta stolpert sie Grigori in die Arme und es scheint so, als ob die Geschichte ihres Lebens vollkommen neu geschrieben wird. Oder doch nicht? Macht sie die Fehler ihrer Mutter ebenfalls? Wiederholt sich die Geschichte?"

116 Seiten für 6,49 Euro

„Liebe hinter Klostermauern"
Die ISBN lautet: 978-3-7448-8973-5
Altersempfehlung: ab 16 Jahre

„Ein Leben wie im Kloster? Wollte sie das wirklich? Das fragt sich Karla, die Heldin dieser Geschichte, als sie auf Drängen ihrer Eltern in eine Hauswirtschaftsschule gehen muss, die sich in einem Kloster befindet. Doch dort lernt sie Rebecca kennen und verliebt sich in die gleichaltrige Frau.

Kann das gut gehen oder verstößt sie damit zu sehr gegen die Konventionen des Klosters und der Welt? Bleibt sie alleine zurück oder findet sie doch noch ihr Glück?"

120 Seiten für 6,49 Euro

„Ein Pflaster für die Seele"
Die ISBN lautet: 978-3-7460-7947-9
Altersempfehlung: ab 16 Jahre

„ „Bloß keinen Arztroman." denkt sich Luisa, die Heldin dieser Geschichte, und ist doch schon mitten drin. Oder etwa nicht? Doktor Peters scheint genau ihr Fall zu sein. Wäre sie doch nicht so schüchtern und könnte auf ihn zu gehen. So bleibt ihr nur, in seinem Vorzimmer zu sitzen und auf den Blick seiner Augen zu warten. Gibt es da für sie die Hoffnung auf ein Happy End? Oder eher nicht?"

112 Seiten für 6,49 Euro

„Das Tor zum Paradies"
Die ISBN lautet: 978-3-7528-5837-2
Altersempfehlung: ab 16 Jahre

„Drei junge Frauen verbringen den Urlaub gemeinsam. Sie sind Freundinnen und obwohl sie nicht auf der Suche nach dem Glück sind, finden sie es dennoch. Eine jede von ihnen anders, einzigartig und genau so, wie sie es sich schon immer, vielleicht ohne es zu wissen, gewünscht hat.

Geben sie ihrer Liebe eine Chance? Oder fahren sie, nach einem Urlaubsflirt, wieder alleine nach Hause?"

124 Seiten für 6,49 Euro

„Ein Kater rettet das Weihnachtsfest"
Die ISBN lautet: 978-3-7481-2863-2
Altersempfehlung: ab 16 Jahre

„Ihr ganzes Leben scheint in Scherben gebrochen zu sein. Kurz vor Weihnachten sitzt Karo in ihrer Wohnung und heult sich ihre Seele aus dem Leib. Alles kommt ihr so sinnlos vor. Doch dann klopft ein kleiner Kater an ihr Fenster und wirbelt ihr ganzes Dasein durcheinander.

Wird es vielleicht doch noch ein schönes Weihnachtsfest für die junge Frau?"

236 Seiten für 8,49 Euro

„Aurelia - Geliebter Engel"
Die ISBN lautet: 978-3-7494-5128-9
Altersempfehlung: ab 16 Jahre

„Aurelia ist seit über zweitausend Jahren als Engel der Liebe auf der Erde unterwegs. Viele Liebespaare hat sie schon mit ihren Pfeilen für immer aneinander gebunden. Doch diese neue Mission wird eine ganz besondere Erfahrung für sie.

Der Engel trifft auf eine Dämonin, die das Weltbild von Aurelia ins Wanken bringt. Warum kann sie selbst keine Liebe empfinden? Gemeinsam machen sie sich auf die Suche nach der Liebe, aber wird das vielleicht ihren Auftrag gefährden? Zumindest mischen die beiden unterschiedlichen Wesen die Stadt ziemlich auf und auch die Liebe kommt dabei nicht zu kurz."

244 Seiten für 8,49 Euro

„Sieben Nächte im Paradies"
Die ISBN lautet: 978-3-7347-6647-3
Altersempfehlung: ab 16 Jahre

„Als Kind hatte Jasmin das Buch „Robinson Crusoe" geliebt, aber da hatte sie auch noch nicht gewusst, dass es sie an einem Freitag auf eine unbewohnte griechische Insel im Mittelmeer verschlagen würde und ihr Robinson ihr dermaßen unsympathisch sein würde, dass sie schreiend davon laufen könnte. Aber die Insel ist eben nicht groß genug dafür.

Kann sie noch gerettet werden, bevor sie und der Mann sich gegenseitig an den Hals gehen? Oder beginnt in der Abgeschiedenheit etwas ganz anderes?"

244 Seiten für 8,49 Euro

„Drei verrückte Weihnachtswünsche"
Die ISBN lautet: 978-3-7494-8575-8
Altersempfehlung: ab 16 Jahre

„Das Schicksal führt drei Menschen in einer einge-schneiten Almhütte zusammen. Michael und seine Tochter treffen auf Barbara. Jeder der drei Menschen hat einen besonderen Wunsch zu Weihnachten und bis zum Fest ist es nur noch eine Woche. Während Barbara das Glück der verlorenen Kindheit wiederfinden will, will Michael nur seine Ruhe haben und etwas Zeit mit seiner Tochter Leonie verbringen, bevor diese in die Schule kommen wird. Leonie hingegen hatte sich eine neue Mutter gewünscht.

Werden alle Wünsche wahr werden können? Oder sind diese drei Wünsche eigentlich nur ein einziger, gemeinsa-mer Wunsch?"

172 Seiten für 6,49 Euro

„Ein besonderes Praktikum"
Die ISBN lautet: 978-3-7528-4866-3
Altersempfehlung: ab 16 Jahre

„Endlich hat Birgit die lang ersehnte Stelle bekommen. Nur noch ein Praktikum über vier Wochen steht zwischen der jungen Frau und dem Job. Nun muss sie zeigen, was sie in der Umschulung gelernt hat, aber ihr mangelndes Selbstvertrauen steht ihr da gehörig im Weg.

Da trifft es sich gut, dass Herr Lehmann ihr hilft und sie bei einem Projekt unterstützt. Mit seiner Hilfe schafft sie es und damit ändert sich auch in ihrem Privatleben so einiges. Birgit wird vom hässlichen Entlein, das mit sich und ihrem Körper unzufrieden ist, zu einem schönen und stolzen Schwan."

248 Seiten für 8,49 Euro

„Aurelia – In himmlischer Mission"
Die ISBN lautet: 978-3-7519-1416-1
Altersempfehlung: ab 16 Jahre

„Ein Urlaub wäre schön", denkt sich Aurelia. Der Engel der Liebe ist nach der Geburt ihrer Tochter im Ruhestand, aber so hatte sie sich das Leben als Mutter nicht vorgestellt. Da kommt es ihr gerade recht, dass Lilith ihr die Tochter für zwei Wochen abnimmt und auch noch ein idyllisches Landhotel empfiehlt.

Ziemlich schnell kommt Aurelia aber dahinter, dass diese freundliche Geste der Dämonin einen kleinen Haken hat. Sie muss die Liebe wieder in sich selbst finden und auch die Verbindung zwischen Franz und Lisa kitten. Dazu kommt allerdings, dass ihre Fähigkeiten ein klein wenig eingerostet sind. Es beginnt eine neue himmlische Mission, die eine ganz neue Erfahrung für sie wird."

244 Seiten für 8,49 Euro

Aktuelle Informationen und Neuerscheinun-
gen finden sie immer im Internet unter:

www.Goeritz-Netz.de